「ものすごい熱気……
息苦しい程……ね」
王都ピレウスからカンナート平原を横断して、
ローゼリア王国北東部へと続く街道は
人馬の群れで埋め尽くされていた。
RECORD OF WORTENIA WAR
ウォルテニア戦記

「随分と余裕だな……」

「そう見えるかい？
これでも大分
緊張しているんだがね」

そこには、純白の鎧に身を固めた
ルピス・ローゼリアヌスが立っていた。
その背後を固めるのは、
二人の側近。

RECORD OF WORTENIA WAR

ウォルテニア戦記

XIX

Ryota Hori

保利亮太

口絵・本文イラスト　bob

CONTENTS

HOLY QWILTANTIA EMPIRE
KINGDOM OF HELNESGOULA
O'LTORMEA EMPIRE
SOUTHERN KINGDOMS
KINGDOM OF XAROODA
KINGDOM OF RHOADSERIA
KINGDOM OF MYEST
WORTENIA PENINSUL

WORLD MAP of 《RECORD OF WORTENIA WAR》

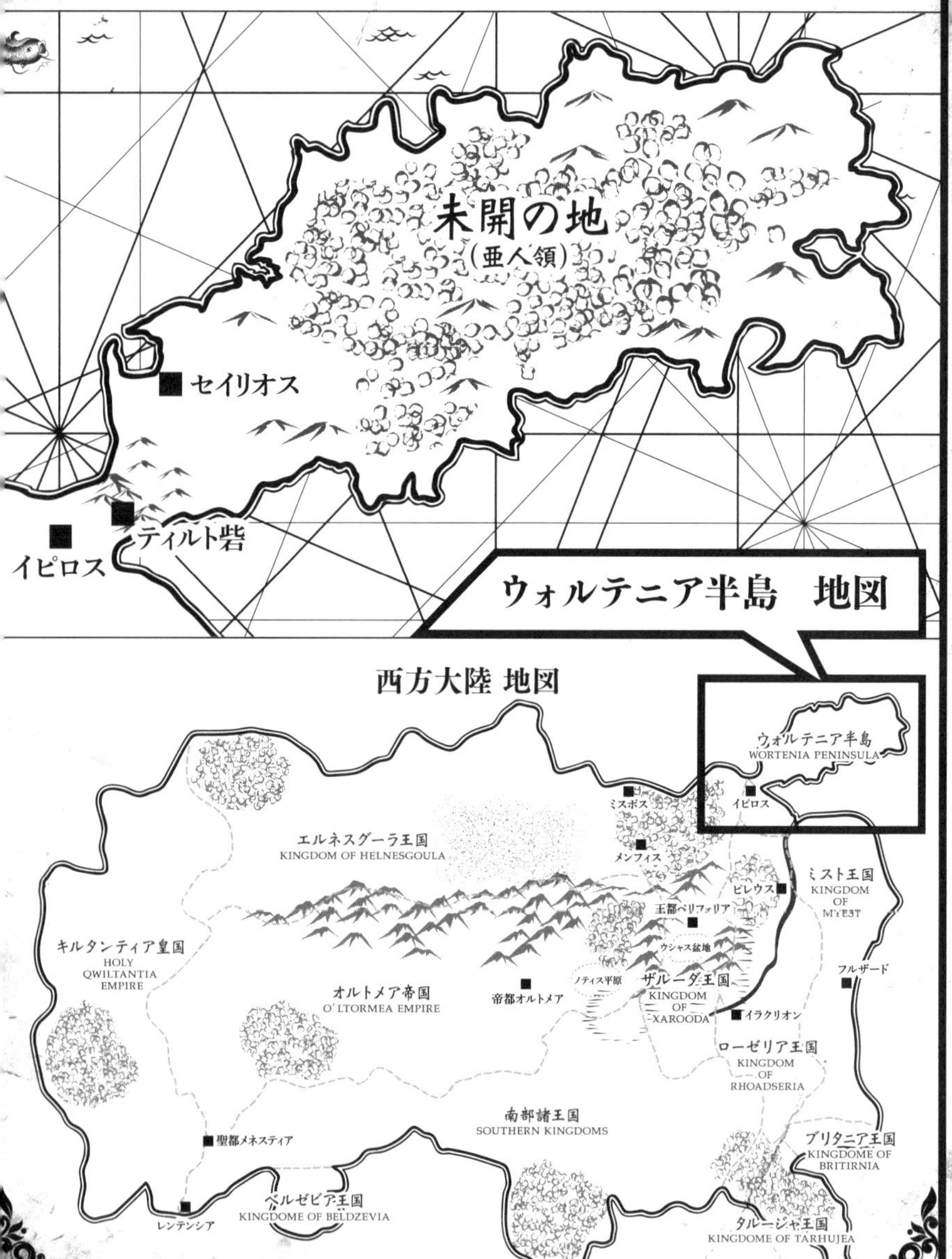

未開の地
(亜人領)
セイリオス
ティルト砦
イピロス
ウォルテニア半島　地図
西方大陸 地図
ウォルテニア半島
WORTENIA PENINSULA
イピロス
ミスポス
メンフィス
エルネスグーラ王国
KINGDOM OF HELNESGOULA
ミスト王国
KINGDOM OF MYEST
ピレウス
王都ペリフォリア
ウシャス盆地
キルタンティア皇国
HOLY QWILTANTIA EMPIRE
フルザード
ノティス平原
ザルーダ王国
KINGDOM OF XAROODA
帝都オルトメア
オルトメア帝国
O'LTORMEA EMPIRE
イラクリオン
ローゼリア王国
KINGDOM OF RHOADSERIA
南部諸王国
SOUTHERN KINGDOMS
聖都メネスティア
ブリタニア王国
KINGDOME OF BRITIRNIA
ベルゼビア王国
KINGDOME OF BELDZEVIA
レンテンシア
タルージャ王国
KINGDOME OF TARHUJEA

プロローグ

朝霞《あさもや》がセイリオスの街を覆《おお》う。

東の地平線に顔を出し始めた太陽が、新たな一日の始まりを告げる。

時刻は午前六時を少し過ぎたあたりだろうか。

誰《だれ》もが、温かな寝床《ねどこ》から離《はな》れるのを惜《お》しみつつも、身支度《みじたく》を始めるそんな時間帯だ。

だが、中にはそんな日常とは無縁《むえん》な人間も居る。

警察官、消防官、医者にＩＴ関係のエンジニアなどは、その職責の関係でどうしても夜勤が発生してしまうのだ。

文明が発達し、利便性が高くなった現代社会では、昼夜の区別はもはやあまり意味が無くなっている。

その代償《だいしょう》として、人の本来の営みから外れた形での勤務を余儀《よぎ》なくされる人間はどうしても出てしまうのだ。

そして、それはこの大地世界《アース》においても同じ事が言える。

警察官や消防官と言った職業は大地世界には存在しないものの、その代わりに貴人に仕えるメイドや従者など、夜間であっても働くことが義務付けられた職業が存在しているからだ。

そしてそれらの職業の中には、歩哨《ほしよう》として夜の間も警備していた兵士なども含《ふく》まれるだろう。

五人一組になって、松明《たいまつ》やランプの灯《あか》りを頼《たよ》りに、闇《やみ》に覆われたセイリオスの街の中を巡回《じゆんかい》する彼等《かれら》の仕事は、現代風に言えば警察と軍が合わさったようなものだろうか。

何しろ、この大地世界の治安は最悪と言っていいし、結界柱によって守られているとはいえ、街の外は狂猛な怪物達《モンスター》が徘徊《はいかい》しているのだ。

そんな危険な土地であるウォルテニア半島で暮らす人間にとって、彼等の存在は何よりも重要なのは間違《まちが》いないだろう。

とは言え、彼等の仕事は何か異変が起きた際の対処。

逆に言えば、異変が無ければそれほど忙《いそが》しいという訳でもない。

それに彼等にしてみれば、御子柴亮真《みこしばりようま》が夜の巡回を実施《じつし》する兵士に特別手当を付けた事もあり、そこまで忌避《きひ》する必要もないのだ。

多少、人間としての生活リズムが崩《くず》れ、日常の小さな幸せを感じる権利が失われたとしても、その分の補填《ほてん》がされるのだから。

だが世の中には、そんな彼等以上に日常の幸運とは無縁な職業に就《つ》く人間も存在していた。


セイリオスの街の中央に建てられた御子柴男爵《だんしやく》家の屋敷《やしき》。

その厨房《ちゆうぼう》は、早朝にもかかわらず、活気に満ち溢《あふ》れていた。

「芋《いも》は茹《ゆ》で終わったのか！　終わったら、サッサと皮を剥《む》いて潰《つぶ》せ！」

「オーブンは空いたのか？　ならば、今度はこっちに準備したパンを頼《たの》む」

「豚肉《ぶたにく》は焼き終わったのか？　終わったなら熱いうちに食堂に持っていけ」

「食堂の配膳係《はいぜんがかり》からスープ皿が足りないと連絡《れんらく》が来たぞ……何をやっているんだ。急いで空いた食器を洗うんだ」

次々と飛び交《か》う怒号《どごう》。

それに交じって、調理器具が甲高《かんだか》い金属音を奏《かな》でて彩《いろどり》を添《そ》える。

料理人達は鍋《なべ》を振《ふ》るう手を止める事なく、料理人見習いとして雇《やと》われた子供や下働きの女達へ矢継《やつ》ぎ早《ばや》に指示を出していく。

厨房は、まさに戦場と化していた。

何しろ彼等は、肉体が資本となる兵士数百人分の朝食を作っているのだ。

そして、一日の食事の中で最も重要視されるのは朝食。

朝食で脳のエネルギーとなるブドウ糖をしっかりとる事で、一日を活動的に過ごす事が出来る様になる。

それは、異世界である大地世界の人間であっても同じだ。

だから、スープとパンだけ出してハイ終わり、という訳にはいかない。

いや、普通《ふつう》の貴族家ならば兵士達の食事にコストを掛《か》けるのを嫌《いや》がる事が多いので、それでも良いのかもしれないが、このセイリオスの街を支配する御子柴男爵家では違《ちが》う。

勿論《もちろん》、量だけではない。

栄養学的にバランスを意識した高い質の食事を意識している。

質、量の両方を満たす為《ため》の食事と言えるだろう。

更《さら》にそれに加えて、彼等は雇用主《こようぬし》から出来る限り美味《おい》しい料理と言う要望を受けている。

そして、平均以上の質を維持《いじ》する為には、その分だけコストが掛かるのだ。

それは、単に金銭的な意味にとどまらず、実際に働く料理人達の労働と言う意味でも同じだ。

この厨房で働く料理人達が、絶え間なく鍋を振るい続けるのも当然だろう。

しかし此処《ここ》には、そんな必死の形相を浮《う》かべながら働き続ける料理人達とは対照的な人間も存在していた。

それは、この厨房の支配者である一人の女。

シミ一つない純白のコックコートに身を包んだ彼女《かのじょ》は、周囲の喧騒《けんそう》を他所《よそ》に厨房の奥《おく》に設けられた自らの聖域で鍋をゆっくりと掻《か》きまわす。

もっとも、それは彼女が手を抜《ぬ》いているとか、サボっているという訳ではない。

確かに、周囲の喧騒と比べて彼女は忙しく動き回ってはいないだろう。

だが、その代わりに彼女は戦場に赴《おもむ》く戦士の様な真剣《しんけん》な眼差《まなざ》しで鍋を凝視《ぎょうし》する。

そして、時折浮いてくるアクを丁寧《ていねい》に掬《すく》い取るのだ。

それは、まさに料理人と食材との真剣勝負といったところだろうか。

やがて女は、愛用のスープレードルで鍋のスープを少量掬うと、調理台の上に置かれていた小皿に注ぎ、自らの形の整った小ぶりの鼻に近づけて香《かお》りを確かめた。

（香りは……良し）

自分のイメージしたとおりの香りが鼻孔《びこう》を擽《くすぐ》り、菊菜《きくな》は小さく頷《うなず》く。

まずは第一関門突破《とっぱ》と言ったところか。

それは、黒エルフ族との交易で手に入れた、羊に似た巨角羊《グレイトホーン》と呼ばれる怪物の肉と、彼等が育てた野菜を菊菜がフランス料理の技法を用いてじっくりと時間を掛けて煮込《にこ》んだスープ。

勿論、羊に似ていると言っても、それは現代人がイメージするような家畜化《かちくか》された羊とは似ても似つかない。

どちらかと言えば人間に家畜として飼われるようになる前の羊の原種と呼ばれるムフロンやアルガリを更に巨大化《きょだいか》させたという方が近いだろうか。

実際、巨角羊《グレイトホーン》の名の通り頭部に巨大《きょだい》な角を持つこの怪物は、非常に好戦的な上に雑食だ。

その巨体《きょたい》から繰《く》り出される角を用いた突撃《とつげき》は、冒険者《ぼうけんしゃ》が身に着ける様な革製《かわせい》の軽鎧《けいよろい》は元より、騎士《きし》階級が身に着ける板金鎧《プレートアーマー》すらも貫通《かんつう》する威力《いりょく》を誇《ほこ》るほど。

そして、その強力な一撃《いちげき》で命を落とした人間は、彼等の胃袋《いぶくろ》へ直行する羽目になるだろう。

だが、そんな凶悪《きょうあく》な怪物も、時には人の手に因《よ》って狩《か》られる獲物《えもの》と化す。

その肉は、現代社会で例えるなら猟友会《りょうゆうかい》が害獣駆除《がいじゅうくじょ》で射殺した熊《くま》や猪《いのしし》の様な位置づけだろうか。

「さて、お味の方は……」

菊菜はその艶《つや》やかな唇《くちびる》に小皿を近づけた。

だが、その手が何かを躊躇《ためら》うかのように動きを止める。

その顔に浮かぶのは、若干《じゃっかん》の戸惑《とまど》いと不安だ。

それは、長年料理人として腕《うで》を磨《みが》いてきた鮫島《さめしま》菊菜にとっては珍《めずら》しい反応。

だが、それも無理からぬ事なのだろう。

(何しろこんな怪物の肉なんて調理した事が無いから……ね。まぁ、扱《あつか》い的にはジビエに近いと思うけれど、調味料と肉本来が持つ味のバランスを保てるかどうか……)

菊菜が身に付けているフランス料理では、銃《じゅう》や罠《わな》を用いて狩猟《しゅりょう》した獣《けもの》や鳥を食べる事をジビエという食文化として確立している。

勿論、この大地世界の怪物とジビエとして食材にされる鴨《かも》や野兎《のうさぎ》などは同じではないだろう。

だがその一方で、似通っている部分がない訳ではないのだ。

ましてや、菊菜ほどの経験と腕前《うでまえ》を持つ料理人であれば、それほど大きな問題は無いだろう。

とは言え、それでも未知の食材を扱う事に対しての不安を完全にかき消すのは難しい。

単に不味《まず》くない料理を作れば良いという訳ではないのだから。

その上、味わう人間はかなり味にうるさいタイプだ。

勿論、どこぞの国民的グルメ漫画《まんが》に出てくる陶芸家《とうげいか》兼《けん》美食家の様に、味付けが気に入らないからと言って椀《わん》を投げつけたり、何回も料理を作り直させたりはしない。

漫画の描写《びょうしゃ》では、妻が作った料理に対して何度も作り直しをさせたり、怒鳴《どな》り散らかしたりする設定もあるのだが、現代社会でそれをやれば、間違いなくパワハラかモラハラの認定《にんてい》を受

けて離婚《りこん》一直線だろう。

とは言え、昭和の時代を代表するグルメ漫画の金字塔《きんじとう》として、今なお愛されているのも事実だ。

実際、この漫画を切っ掛けに料理の世界に興味を持つ人間は多い。

事実、鮫島菊菜が料理人を志す切っ掛けになったのも、小学生の時に友人の家で読んだこの漫画の影響《えいきょう》が大きいだろう。

（あんなキャラが現実に居たらドン引きものよね……まぁ、私だったら……ケツを蹴《け》って店から追い出してやるけれど……）

それは、緊張《きんちょう》からくる一種の現実逃避《とうひ》だろうか。

そんな、人生の聖書《バイブル》とも言うべき漫画の有名な登場人物の顔が脳裏《のうり》に浮かび、菊菜は思わず含み笑《わら》いを浮かべた。

確かに、美味しい料理を提供するのは料理人としての義務だ。

だが、味には個人の好みがあるし、体調や気温に因っても変化してしまう。

国ごとでも、好みの味は大きく変わって来るのだ。

手を抜いた料理や、異物の混入などは論外だとしても、美味《うま》い不味いに関してはどうしても個人差が出てくる。

だからこそ、出された料理が口に合わなかったとしても、それは一概《いちがい》に料理人の腕がどうこうという訳ではないのだ。

（まぁ、アレはあくまでも漫画のキャラ設定として、あんな感じに誇張《こちょう》したんでしょうけど）

それと比べれば、これからこの料理を味わう人間は偏屈《へんくつ》でもないし、厳格でもない。

味付けが気に入らないからと、皿を投げつけられる事もなければ、理不尽《りふじん》な暴言を吐《は》かれた事もないのだ。

だが、かなり的確な批評を下す。

少なくとも、菊菜が料理を出すようになってから今日までの間、その批評が的外れだったことは一度としてないのだ。

（それに、知識の方も大したものだもの……）

本人は美食家や食道楽などと呼ばれる事をあまり好んではいないようだが、その本質はまさに道楽者の典型と言える。

余程《よほど》、経済的に恵《めぐ》まれた家庭で育ったのだろう。

（あの若さに似合わず、日本では相当あちこちの店を食べ歩いていたみたいだものね……或《あ》いは、かなり厳選した食材を使って日々の料理を作っていたか……まぁ、どちらにせよ味が分かる人間である事だけは確かだわ）

それは、須藤秋武《すどうあきたけ》から御子柴男爵家を探《さぐ》る様に命じられた菊菜にとって、嬉《うれ》しい誤算と言えるだろう。

料理に人にとって、味の分かる客と言うのは何物にも代えがたい存在だ。

単に美味いか不味いかを判断するだけならば、誰でも出来る。

だが、その一皿に込められた料理人の創意工夫《そういくふう》や意図を読み解いてくれる人間は限られる。

何故《なぜ》なら、その料理人の創意工夫や意図を読み解くには、天性の味覚と共に、膨大《ぼうだい》なまでの味の経験値が必要となってくるのだから。

そしてそれは、この大地世界の王侯貴族《おうこう》であっても到底《とうてい》持ちえない貴重な資質と言っていい。

大地世界の王侯貴族達は確かにその地位に相応《ふさわ》しい高価な食材を用いた食事をしているが、調理方法や料理自体がほぼ確定されているし、毒殺を恐《おそ》れて、調理する料理人も固定化されている場合が殆《ほとん》どだろう。

つまり、特権階級と言う言葉の響《ひび》き程《ほど》、大地世界の王侯貴族は食事というものを楽しめていないのだ。

それこそ、現代社会の美食の国際都市と言われる東京に暮らし、食文化を楽しんできた人間にしてみれば、物足りないレベルだろう。

実際、菊菜はこの大地世界に召喚《しょうかん》されてから今日まで、いろんな貴族達に料理を提供し、多くの称賛《しょうさん》を得てきた。

だが、彼等の大半は菊菜が皿に込めた意図や創意工夫を理解出来なかった。

本当の意味で味の分かる人間だと思えたのは、片手で数える程だろう。

だからこそ、鮫島菊菜は思いがけない僥倖《ぎょうこう》から得た自らの主君に対して、己《おのれ》が最高と信じるに足る料理を出したいのだ。

たとえそれが、仮初《かりそめ》の主君だとしても。

だが、そんな菊菜の心配は、小皿のスープを口にした瞬間《しゅんかん》に遥《はる》か彼方《かなた》へと飛び去っていった。

「うん……良い味ね」

そう呟《つぶや》くと、鮫島菊菜は手にしていた小皿から唇を離す。

すると、そんな菊菜の背後から男の声がした。

「食欲を誘《さそ》う良い香りですね。今日の朝食も実に美味しそうだ」

振り返った菊菜の目に映るのは、黒のタキシードをビシッと着込んだ大柄《おおがら》の男。

こんな早朝にもかかわらず、彼の首元には赤い蝶《ちょう》ネクタイまで結ばれている。

正装と言う意味からすれば、これほどきちんとした装いもない。

とは言え、この厨房は料理人の聖域。

部外者は立ち入り禁止の筈《はず》だ。

本来であれば、菊菜はこの男を直ちに蹴りだしたことだろう。

しかし、菊菜は声の主を一瞥《いちべつ》すると、無言のまま料理の準備を続ける。

そして、部下の一人から焼きたてのロールパンを詰《つ》め込んだ籠《かご》を受け取り、スープ皿や他の料理と共に調理台の横に準備していたワゴンの上へと置いた。

「お待たせしました鄭《てい》さん。こちらが浩一郎《こういちろう》様の朝食です。どうぞお持ちください」

いつもと同じ丁寧だが事務的な態度。

勿論、表面的には何も問題は無い。

お互《たが》いに仕事をしているだけなのだから。

だがその一方で、菊菜には鄭に対してどことなくよそよそしい感じがある。

だが、鄭自身はそんな菊菜に対して不満や違和感《いわかん》を抱《だ》いては居ないのだろう。

菊菜の言葉に鄭は穏《おだ》やかな笑《え》みを浮かべながら小さく頷くと、ワゴンを押《お》しながら厨房を後にする。

その背中を、菊菜は肩越《かたご》しに確かめると、中断していた調理を再開した。

それからどれくらいの時間が経《た》ったのだろう。

壁《かべ》に掛けられた機械仕掛《じか》けの時計の針が、もう間もなく九時を指そうとしていた。

戦場の様な時間を終えて、昼食の準備まで一息入れようという時刻。

後三十分もすれば、再びこの厨房は昼食の仕込みの為に、戦場の様な忙しさに見舞《みま》われるだろうが、今はまさに嵐《あらし》の前の静けさと言ったところだろうか。

厨房に残っていた菊菜は、愛用の包丁の手入れをしながら、ただ一人思案に明け暮れていた。

（一度、あの人達と話をするべきなのかしら……）

それは、鮫島菊菜が王都ピレウスのザルツベルグ伯爵邸《はくしゃくてい》から使用人達と共に脱出《だっしゅつ》し、このセイリオスの街にやって来てからずっと抱いていた迷いだ。

菊菜の脳裏に二人の人物の顔が浮かんだ。

一人は、今朝も顔を合わせた中国人の鄭孟徳《もうとく》。

もう一人は、ロシア生まれの雪の様な肌《はだ》を持つ美女、ヴェロニカ・コズロヴァ。

彼等は、このウォルテニア半島を領有する御子柴亮真の祖父である、御子柴浩一郎の個人的な部下という立ち位置になっている。

執事《しつじ》や秘書の様なものだろうか。

或いは、護衛と言った方が良いのかもしれない。

勿論、その事自体は何も問題は無い。

この館《やかた》の主である御子柴亮真自身が認めた事なのだから。

だが、問題は二人が共に、組織にとって重要人物であるという点だ。

鄭孟徳は、いずれは組織のトップである長老の座を劉大人《りゅうたいじん》から受け継《つ》ぐ後継者《こうけいしゃ》だし、ヴェロニカの方は、組織の誇る実働部隊である【猟犬《りょうけん》】の総指揮官であると同時に、西方大陸東部方面の軍事的な指揮官でもある重要人物だ。

どちらも、組織の一構成員でしかない菊菜から見れば雲の上の存在と言える上位者。

そんな二人が、何故この魔境とも呼ばれる僻地《へきち》に居るのか。

そして、御子柴浩一郎に対して恭《うやうや》しく仕えているのか。

その理由が菊菜には分からない。

少なくとも、今回の任務を与えられた際に、組織の連絡員から渡された事前の資料には全く記載のない状況なのだから当然だろう。

(私の勘違《かんちが》い?……いいえ、そんな筈はないわ……)

一瞬《いっしゅん》、人違《ひとちが》いをしているのではないかと言う不安が、菊菜の心に過《よぎ》る。

だが、鄭やヴェロニカの人物像は菊菜の伝え聞いた通りのものだ。

彼等が名乗った名前も同じで、人種も情報通りとなれば、まず間違いないと判断して良いだろう。

（勿論、向こうは私の名前なんか知らないでしょうけれど……でも、組織の人間である事は見《み》抜《ぬ》いていない筈がないわ……）

この西方大陸の闇に潜《ひそ》む組織と呼ばれる集団は、現代社会で言うところの多国籍企業《たこくせききぎよう》とでも言ったところだろうか。

だから、組織の構成員の顔と名前を全て覚えておく事など出来はしない。

だが、鄭とヴェロニカはどちらも組織の重要人物。

彼等以上のＶＩＰとなると、長老くらいしかいない。

会社で言うならば、取締役《とりしまりやく》の様なもの。

だから平社員である菊菜であっても、そんな鄭やヴェロニカの名前くらいは聞き知っていて当然といえる。

そして、だからこそ菊菜は自らがどう動くべきか迷うのだ。

（正直、須藤さんの判断を仰《あお》ぎたいところ……ね）

勿論、それが不可能である事を菊菜も理解はしていた。

何しろ、今回の任務を命じた上役である須藤秋武は、組織の管理者であると同時に、オルトメア帝国《ていこく》に仕える工作員として大陸各地で非合法な工作活動を行っている。

それだけに、菊菜の方から須藤に連絡を取るのはかなり難しい。

下手に接触《せっしょく》をして、須藤の工作活動の邪魔《じゃま》をする訳にはいかないからだ。

そして、同じ理由で鄭達に話をする事も出来ない。

破壊《はかい》工作や情報収集などを主とする密偵《みってい》としての任務は、その性質から機密性が何よりも重んじられている。

(勿論、あの二人がそんな任務に就いているとは思えないけれど……)

だが、絶対にあり得ないと言い切れない以上、菊菜としても危険は冒《おか》せなかった。

(第一、あの御子柴浩一郎という人物は一体……)

菊菜が知る限り、鄭もヴェロニカも浩一郎に対しては非常に恭しい態度で接している。

それも、単なる見せかけとは思えない真摯《しんし》な態度で……だ。

その事が、菊菜の判断を更に迷わせている。

それはまさに、答えのない迷宮《めいきゅう》を彷徨《さまよ》うが如くと言ったところだろうか。

だが、そんな菊菜の迷いを晴らす人間が声を掛けた。

「休憩《きゅうけい》時間中にも拘《かか》わらず、包丁の手入れですか……もしよろしければ少し話せませんか?」

思いがけない男の声に、菊菜は一瞬背中を震《ふる》わせる。

だが、驚《おどろ》いたのはその瞬間だけなのだろう。

振り返った先には、予想通りの顔が笑みを浮かべて菊菜を見つめている。

(やっぱりこの人は……)

鮫島菊菜は料理人。

確かに日本で暮らしていた頃《ころ》の職業は兵士でもなければ戦士でもない。

だが、この大地世界に召喚され、それなりの修羅場《しゅらば》を潜《くぐ》り抜けてきている手練《てだ》れだ。

背後に忍《しの》び寄られて気が付かない程間抜《ほどまぬ》けではなかった。

それにも拘わらず背後を取られたという事は、菊菜が自分でも信じられないくらいまで警戒《けいかい》心《しん》を緩《ゆる》めていたか、目の前の男が菊菜以上の手練れかのどちらかしかない、
だから菊菜は、鄭に向かって探る様な視線を向けながら無言のまま頷いて見せた。

「お話が有るとの事ですが、場所を改めますか?」

今は菊菜と鄭の二人しかいないが、厨房は多くの料理人や下働きの人間が出入りをする場所だ。

これから行われる会話の性質を考えれば、出来る限り人目を避《さ》けた方が良いのは当然と言える。

だが。そんな菊菜の当然の問いに鄭は首を横に振った。

「いえ、それには及《およ》びません。ニーカが厨房の外で見張りをしていますからね。誰か来た場合は彼女が知らせてくれます」

その言葉に、菊菜は小さく頷く。

(成程《なるほど》……それならば……)

鄭とヴェロニカの関係を考えれば、本来は二人が一緒《いっしょ》にこの場に居てもおかしな話ではない。

それにも拘わらずヴェロニカの姿がない事に、菊菜は微《かす》かな違和感を持っていたが、見張り

役として外で待機しているというのであれば納得《なっとく》できる。

菊菜が近くに置いてあった野菜の入っていた空の木箱の上に腰《こし》を下ろすと、鄭も厨房の隅《すみ》に置いてあった椅子《いす》を持ってきて腰を下ろす。

向かい合う二人。

最初に口を開いたのは鮫島菊菜だった。

「それで、お話と言うのは?」

「鮫島さんには、既《すで》に予想がついていると思いますがね?」

菊菜の問いに、鄭ははぐらかす様な答えを返す。

それは、その言葉を耳にした人間に因って、どうとでも解釈《かいしゃく》の出来るあやふやな物。

だが、それだけで菊菜は全《すべ》てを察したのだろう。

目に浮かんでいた警戒心がほんの少し緩む。

そして、目の前の男が自分の想像通りの立場であると確信した。

「成程……それではやはりお二人は」

「ええ、鮫島さんのご想像通りです」

「そうですか……」

それは菊菜にとって予想通りの言葉。

伝え聞いていた容姿と名前と併《あわ》せて、二人の体から放たれる隠《かく》そうとしても隠しきれない強者の覇気《はき》から考えれば当然の答えと言えるだろう。

だがその一方で、菊菜の心には新たな疑問が湧《わ》いてくる。

（このお二人が、あれほど恭しく接する御子柴浩一郎と言う老人は一体……）

そんな菊菜の疑問を読み取ったのだろう。

鄭が笑みを浮かべながら尋《たず》ねる。

だが、その目は表情とは裏腹に、危険な鋭《するど》い光を秘《ひ》めていた。

「御子柴浩一郎様の事が気になっているようですね？」

「浩一郎様……ですか……では、やはりあの方は組織の？」

それは極《きわ》めて当然の結論だ。

組織の最上級幹部と言うべき鄭が、この周囲の耳目《じもく》から隔絶《かくぜつ》された場においても敬称《けいしょう》を外さないという事は、本当に御子柴浩一郎という人間に対して、敬意を抱いているという事に他ならない。

それはつまり、次期長老の候補と目されている鄭よりも上の地位に居る要人と言う事なのだから。

だが、そんな菊菜の問いに鄭は首を横に振った。

「あの方が我々の組織と深い関係をお持ちなのは事実ですが、貴女《あなた》の想像されている様な立場の方ではありませんよ」

「それは一体……」

鄭の言葉に、菊菜は戸惑いを見せた。

だが、鄭は手を突《つ》き出して菊菜の言葉を遮《さえぎ》る。

「申し訳ありませんが、その事に関してはお教えできません。少なくとも、貴女が何故此処《なぜここ》にいるのか、その理由を確認《かくにん》するまでは……ね」

「理由……ですか」

「偶然《ぐうぜん》、御子柴男爵家に雇われたという訳ではないのでしょう？」

その問いにどう答えるべきか菊菜は迷った。

（偶然……ではない。それは相手も分かっている。でも、正直に告げて良いのかどうかは微妙《びみょう》ね……）

確かに菊菜と鄭は同じ組織に属してはいる。

だが、本当の意味で仲間かと言われると疑問符《ぎもんふ》が付くのも事実だ。

組織の実際は、長老と呼ばれる存在が率いる商会や傭兵《ようへい》団、或いはギルドと言った様々な組織の集合体。

グループ会社や関連会社という存在の関係にイメージとしては近いだろう。

だから、表面上は同じ組織には属していても、必ずしも協力関係を築けるとは限らないのだ。

場合によっては、獲物を取り合う可能性も出てくる。

そうなると、如何《いか》に鄭が組織の次期長老と目される上級幹部でも、その問いに軽々と答える事は出来ない。

（でも……）

菊菜の知る限り、須藤秋武は御子柴亮真と言う男を危険視してはいても、排除《はいじょ》しようとはしていない。

少なくとも、今直《す》ぐに暗殺という札を切る事だけはないだろう。

それは、料理人として雇用《こよう》された菊菜に対して、情報収集のみを命じた事からも明らかだ。

(そして、この人の口ぶりや態度から察するに、御子柴亮真に対して敵意が無いのであれば、それを下手に隠し立てするのは悪手でしょうね)

それは、何の根拠《こんきょ》もない直感。

しかし、鄭の態度を見る限りそうとしか判断のしようがないのだ。

だから、菊菜は正直に自らの置かれた状況《じょうきょう》を告げた。

「私が上役である須藤さんから命じられたのは、御子柴男爵家に仕え、情報を集める事……それだけです」

「それだけ……ですか」

それは何とも言えない微妙な回答。

敵意があるとも、無いとも判断がつかないあやふやなものだ。

しかし、そんな菊菜の言葉を聞いても、鄭は問い詰めようとはしない。

腕を組んだまま右手で顎《あご》を撫《な》でつつ、無言のまま考え込む。

「成程……まぁ、鮫島さんの話を聞いた限り、少なくともその須藤さんと言う方に御子柴亮真様を排除しようという意思はないようですね」

それは、菊菜自身も感じていた事。

だが、第三者の目から見ても、同じ印象を受けるらしい。

「やはりそう思われますか？」

「ええ、北部征伐軍《せいばつ》が迫《せま》ってきている今が最も良い機会でしょうからね。もし御子柴様を排除したいという意思があれば、情報収集だけを命じるなんて事は考えられませんから」

料理人である菊菜であれば、調理した食事に毒を混ぜる事も決して不可能ではない。

ましてやルピス女王が率いる二十万の敵軍が迫っている今ならば、警備の注意は自然と外部の敵へと注がれる。

その分だけ、内部からの工作活動は行いやすくなる。

そんな絶好の機会を見逃《みのが》すというのであれば、それは須藤秋武に御子柴亮真を殺害しようという意思が無いと判断するしかないだろう。

（そして、その事に対してこの方は不満を抱いてはいない……それはつまり……組織全体も御子柴男爵家に敵意を持っているわけではないという事……）

どんな思惑《おもわく》が組織の上層部に存在しているのかを鮫島菊菜は知らない。

しかし、御子柴男爵家を潰そうという意思が組織にない事を知り、菊菜は心の片隅《かたすみ》で安堵《あんど》していた。

（いや、次の長老候補と目されている鄭様や【猟犬】の司令官であるヴェロニカ様の決定次第《しだい》では、御子柴男爵家が組織の援助《えんじょ》を受ける事も……）

それは、二十万とも言われる北部征伐軍を迎《むか》え撃《う》つうえで、御子柴男爵家にとって大きな助けとなる。

勿論、組織の性質上、【猟犬】を筆頭とした実行部隊を表に出す事は難しいだろう。

だが、ギルド経由で傭兵などの雇用を促進《そくしん》したり、傘下の商会を経由して軍需《ぐんじゅ》物資の供給を行ったりする事は可能だ。

それだけでも、御子柴男爵家にとってはかなりの力になるだろう。

そう言った諸々《もろもろ》の可能性が、菊菜の脳裏に浮かんでは消える。

そして、菊菜はそんな事を考えてしまう自分自身に対して思わず苦笑いを浮かべた。

(まぁ……私がそんな事迄《まで》、心配する必要はないけれども……ね)

菊菜の立場は実に微妙だ。

御子柴男爵家に雇われる事になったのは、あくまでも直属の上司である須藤秋武からの命令の結果。

そう言う意味では、鮫島菊菜に御子柴男爵家に対しての愛着や忠誠心は無い。

いや、より正確に言えば無かったという方が適切だろうか。

そして、そんな自分の感情に若干の戸惑いを覚えつつも、菊菜は満足している。

(それが、良い事かどうかは分からないけれども……ね)

料理人であると同時に、潜入《せんにゅう》工作員という裏の顔を持つ以上、本来であれば一々潜入した先の人間や組織に対して愛着を持つべきではないだろうし、持てる筈もないのだが、どういう訳か菊菜にはこの御子柴男爵家と言う存在が肌に合う。

それは恐らく、当主である御子柴亮真と言う人間が、菊菜と同じ日本から召喚された人間であるという事と無関係ではない。

現代日本人が持つ独特の甘《あま》さを保ちつつも、この過《か》酷《こく》な大地世界に順応出来る覇《は》者《しゃ》としての資質を持つ御子柴亮真の矛盾《むじゅん》した行動と思想が、菊菜にとっては失った故郷である日本での生活をどことなく思い出させ懐《なつ》かしさと同時に、未来に対しての期待感を持たせるのだ。

（それに、この厨房を任されるというのは、意外と居《い》心地《ごこち》が好《い》いしね）

勿論見えないところで諸々の対策はしているだろうが、それでも領主である御子柴亮真の口に入る料理の調理を、雇い入れてそれ程経《ほどた》っていない菊菜に作らせるというのは、かなり大胆《だいたん》な決断だと言える。

そういった意味からしても、菊菜が御子柴男爵家で働くというのは決して悪い話ではないのだ。

たとえそれが、何時《いつ》かは終わる儚《はかな》い夢の様な時間だとしても……だ。

そんな菊菜の心の内を知ってか知らずか、鄭は座《すわ》っていた椅子から腰を上げた。

「もう宜《よろ》しいのですか？」

「えぇ、とりあえず今日のところは……鮫島さんは今まで通りにしていてくれれば良いです。何かあれば、またお時間を頂くという事にしましょう」

恐らく、聞きたい事は聞いたという事なのだろう。

菊菜の問いに小さく頷くと、鄭は調理場を後にした。

そして、その背中を鮫島菊菜はただ無言で見送った……。

希望と不安の入り交じった自らの心を押し隠しながら。


腕を組み廊下《ろうか》の壁に寄り掛かりながら周囲を警戒《けいかい》していたヴェロニカが、鮫島菊菜との会談を終え厨房を後にした鄭に声を掛ける。

「その様子だと、話し合いは無事に済んだ様ね」

周囲に人影《ひとかげ》がない事を確認したヴェロニカが、鄭の横を歩きながら話し合いの結果を尋ねた。

凡《およ》そ、既に予想はついているのだが、それでも気になるのは人間として当然の反応だろう。

「ええ、とりあえずは……」

だが鄭はヴェロニカの問いに小さく頷くと、言葉を切る。

そんな鄭の態度に、ヴェロニカは微かに首を傾《かし》げた。

「何か気にかかる事でも？　まさか、暗殺指令でも出ていた訳じゃないのでしょう？」

その問いに、鄭は静かに首を横に振る。

「彼女自身には何も不審《ふしん》なところはありません。御子柴男爵家の情報を集める為、彼女が組織から送り込まれたのは間違いありませんが、それ以上の事は何も命じられていないようです。まぁ、御子柴男爵家の動きを探りたいと思うのは、組織の人間であれば誰もが思う事ですから、目くじらをたてる必要はないでしょう」

「それでも何か、気になると？」

「ええ……誰かが組織の意思に反して動いている……そんな気がします」

その問いに鄭は小さく頷く。

地球より召喚された人間の大半は、この過酷な大地世界に翻弄《ほんろう》される運命だ。

そんな中、組織の援助も受けずに己の力と才覚だけで貴族位にまで上り詰め、今や西方大陸東部を支配する三王国の一角と一戦交えようというまでに成り上がった御子柴亮真と言う男に注目するのは極めて自然な事だろう。

そして、排除か懐柔《かいじゅう》のどちらを選ぶとしても、御子柴亮真と言う人間を知らなければ判断が出来ない。

だから、須藤秋武が鮫島菊菜に御子柴男爵家の情報収集を命じたのは自然と言える。

（しかし……本当にそれだけが狙《ねら》いだろうか？）

鄭は、浩一郎や劉大人から、過去に起きた組織の内紛《ないふん》について聞かされている。

そして、どんな犠牲《ぎせい》を払《はら》ってでも元の暮らしに戻《もど》りたいという人間は、今の組織の中にも一定以上いるのだ。

須藤がそう言った考えの持ち主かどうかは分からないが、人の心とは計り知れぬものである以上、警戒は必要だろう。

「仲間の中に独自の狙いをもって動いている人間が居ると？」

「ええ、組織が過去にどんな犠牲を払っても地球へ帰ろうという帰還《きかん》推進派と、それに反対した方々とが対立した時の様に……ね」

その言葉に、ヴェロニアの顔が歪《ゆが》む。

実際それは、組織に属する者にとって、触《ふ》れられたくない禁忌《きんき》だ。

しかし、ヴェロニカは鄭の言葉に反論はしなかった。

彼女自身、思うところがあるのだろう。

「その上、カンナート平原で起きた狙撃《そげき》の一件もあります」

「それについて彼女は何と？　確認してみたのでしょう？」

ヴェロニカの問いに、鄭は首を横に振る。

「鮫島菊菜さんは狙撃の一件とは無関係でしょう、彼女は元々ただの料理人。私の目をごまかしてシラを切れるとは思えません。ただ……須藤秋武の方はどうでしょうか……」

「須藤が裏で糸を引いていると？　その可能性は否定出来ないけれど、でも何の為に？　理由が分からないわ」

「勿論、それに関しては私にも分かりません……ですが、我々は複数の組織が独自性を維持したまま集まった集団でしかない。自分が所属している組織以外の動向に関しては分からないというのが正直なところでしょう」

「成程、疑えば切りが無い……か」

ヴェロニカとしては、同じ組織に属する同胞《どうほう》を疑いたくはないらしい。

だが、鄭の懸念《けねん》を否定する事もまた出来ない様だ。

（あれは、間違いなく組織からの警告の筈……少なくとも、本気で御屋形《おやかた》様を暗殺する気ならば頭部を狙ったでしょうからね）

流通が禁止されている狙撃銃《そげきじゅう》を用いている事から考えて、組織の誰かが動いたのは間違いないだろう。

ただ、今回の狙撃で頭部を狙わなかった事から見て、暗殺が目的とも思えないのだ。

この大地世界では、基本的に現代社会よりも化学技術の水準は低い。

良くて、中世の錬金術《れんきんじゅつ》くらいだろうか。

アラミド繊維《せんい》を始めとした化学繊維や、セラミックなどは望むべくもないだろう。

だが、そんな技術水準の劣《おと》る世界だからと言って、銃が圧倒的《あっとうてき》に優位かと問われるとそんな事は無い。

怪物達の体からとれる皮や鱗《うろこ》の中には、そう言った化学繊維以上の防弾《ぼうだん》性能を持つ素材が存在しているからだ。

その上、身体能力を強化する事の出来る武法術がさらに問題だった。

武法術における身体強化には、筋力を増強する効果の他に治癒《ちゆ》能力の向上も含まれる。

漫画やアニメの様に、受けた傷を瞬時《しゅんじ》に回復とまではいかないが、即死《そくし》さえしなければ後は時間を掛けて静かに療養《りょうよう》する事で、現代社会では回復不能な傷を癒《い》やす事も不可能ではないのだ。

そう言った諸々の要因を考え合わせると、この大地世界で銃を用いた暗殺を行うのであれば、頭部への狙撃しか選択肢《せんたくし》が残らない。

何故なら、頭部への狙撃は急所に当たれば敵を即死させる事が出来るし、もし即死させられなくても、銃弾《じゅうだん》が発生させる衝撃波《しょうげきは》で意識を断《た》ち切る事が出来るかもしれないからだ。

そして、敵の意識を失わせてしまえば、武法術も役には立たない。

脳が機能していなければ術式そのものを発動させる事も、制御《せいぎょ》する事も出来ないのだから。

（そして、その程度の事は組織の人間であれば誰《だれ》もが分かっている常識の筈……）

そう考えると、先日の狙撃は御子柴亮真に対しての警告と見るのが正しいだろう。

ただこの場合、問題となるのはその警告の意味だ。

（須藤秋武の上司はあの久世《くぜ》昭光《あきみつ》様……浩一郎様や劉大人とも御友人《ごゆうじん》だったという話だが、あの方の指図だろうか？）

鄭は久世昭光の名前を知ってはいる。

だが、その人となりは分からない。

分かるのは、過去に劉大人や御子柴浩一郎と袂《たもと》を分かったという事実のみ。

それに、今の組織の中で久世を本当の意味で知る人間は限られている。

半分隠居《いんきょ》のような状態で、表舞台《おもてぶたい》には殆ど顔を出さないし、前回行われた組織の会合では直前になって病気療養を理由に欠席をしている。

そして、それが本当に病気療養中なのか、或いは何らかの理由で仮病《けびょう》を使ったのかは不明なのだ。

勿論、ただそれらは何か確証が有っての事ではない。

鄭の杞憂《きゆう》である可能性はある。

だが、それでも鄭は気になって仕方がない。

軍人として訓練を受け、様々な修羅場を潜り抜けてきた歴戦の戦士としての勘《かん》が、頻《しき》りに警《けい》鐘《しょう》を鳴らすのだ。

「須藤秋武……そして、久世昭光様。彼等《かれら》が何を考えているのか……」

それは小さな呟きだった。

だが、その名前が鄭の口から放たれた瞬間、ヴェロニカの表情が曇《くも》る。

それだけで、ヴェロニカは鄭が何を気にしているのか瞬時に悟《さと》った。

「そう、分かったわ……貴方《あなた》がそう言うのであれば、私も伝手《つて》を使って少し探ってみる。確かに、あの須藤という男は何処《どこ》か得体が知れないところがあるし、久世様も普段《ふだん》から表に出られない方だから……ね。それに……須藤の独断と言う可能性もあると思うし……」

須藤秋武の独断であれば対応は簡単だ。

組織の上級幹部として命じればそれで済む。

須藤が鄭やヴェロニカの命令を拒否《きょひ》する場合は、力で押しつぶすだけの事だ。最悪の場合はヴェロニカの権限を使って【猟犬】に始末を命じても良いだろう。

須藤が久世昭光の指示で動いていた場合は、同じ組織の長老である劉大人の力を借りなければ収拾はつけられないだろうが、ただどちらにせよ状況が分からなければ手の打ちようがない。

そう考えれば、ヴェロニカの提案は状況を正しく理解している人間の言葉と言っていいだろう。

だが、鄭はヴェロニカに対して不安そうな目を向ける。

「良いのですか？　虎《とら》の尾《お》を踏《ふ》む可能性も否定は出来ませんが」

それは万が一の可能性。

だが、零《ゼロ》ではない以上、鄭が不安を抱くのは当然だろう。

しかし、そんな恋人《こいびと》に対してヴェロニカは悠然《ゆうぜん》と微笑《ほほえ》む。

「構わないわ……私もあのお二人が嫌《きら》いじゃないから……」

それが誰を指しているのか、鄭は直ぐに理解した。

そして、その言葉に含《ふく》まれたヴェロニカの決意も。

「そうですか……でも、注意してください。私もニーカを失いたくはありませんからね……」

そう言うヴェロニカに対して鄭は小さく頷いた。

それが、新たなる騒乱《そうらん》の火種となるとは知る由もなく……。

第一章　揺《ゆ》れ惑《まど》う心

その日、王都ピレウスからカンナート平原を横断して、ローゼリア王国北東部へと続く街道《かいどう》は人馬の群れで埋《う》め尽《つ》くされていた。

そこかしこから馬の嘶《いなな》きと、兵士達《たち》の怒号《どごう》が響き渡《わた》り、砂埃《すなぼこり》が視界を阻《はば》む。

其処此処《そこここ》からは、進路の確保に四苦八苦している指揮官の怒号と罵声《ばせい》が飛び交《か》っている。

そこにあるのは膨大なまでの熱量。

「ものすごい熱気……息苦しい程……ね」

額に浮《う》き出た汗《あせ》をハンカチで拭《ぬぐ》いながら、鎧兜《よろいかぶと》に身を固めた飛鳥《あすか》は周囲を見回す。

それはまるで、映画のワンシーンの様な光景。

それも低予算をデジタル処理でごまかしたB級作品ではなく、膨大な予算を確保し、実際の人間をエキストラとして動員する様な超大作《ちょうたいさく》と呼ばれる類《たぐ》いのものだろう。

いや、それすらも所詮《しょせん》は虚構《きょこう》。

目の前に広がる圧倒的な臨場感には遠く及ばない。

何しろこれから行われるのは、この国の国王によって逆賊《ぎゃくぞく》とされた救国の英雄《えいゆう》を相手取っての大戦。

それも、漫画《まんが》や小説に描かれる虚構ではなく、本物の殺し合いだ。

必然的に、兵士達の体から放たれる空気には殺気が混じる。

未《いま》だ予定されている戦場からは遠いとはいえ、兵士達も物見遊山《ゆさん》の様なお気楽な心境でいられる訳もないのだ。

何しろ彼等は、これから殺し合いをするのだから……。

それだけに、兵士達の放つ気配は強く熱い。

それは、平和な現代日本に生まれた飛鳥にも、ハッキリと感じる事が出来る程。

その上、この軍勢の兵数が桁外《けたはず》れだ。

ただの女子高校生でしかなかった桐生《きりゅう》飛鳥の心を揺さぶるには十分だった。

ましてや、その映画のワンシーンに飛鳥自身が参加しているとなれば、平静を保つのは難しいだろう。

(まさに人の海……人海戦術とはこういう光景を言うのかも……まぁ、私達がイメージする戦争とは色々と違《ちが》うけれど)

国王であるルピス・ローゼリアヌスが率いる北部征伐軍は公称《こうしょう》二十万と言われる大軍。

東京ドームの収容人数が五万五千というから、実に四倍弱にもなる膨大な数の集団が移動する光景に飛鳥は衝撃《しょうげき》を受けている。

日本の市町村における人口で例えるならば、東京都西東京市と同じくらいだろうか。

その上、人口には老若男女《ろうにゃくなんにょ》の全てが計上されるが、飛鳥の目の前に広がる人の群れは、その全てが兵士。

まさに、膨大と言っていい数だ。

とは言え、戦力と言う意味で言うと、その二十万という数に見合うだけのものが有るかは、正直に言って疑問符が付く。

（うん……確かに数は大したものだわ……これだけの人数を集めて指揮するというのは並みじゃないもの……でも……）

兵力二十万という数の軍勢が放つ圧力に気圧《けお》される一方で、飛鳥はこの軍勢が抱《かか》える欠点を正確に見抜いていた。

（戦力と言う意味ではどうなのかしら……彼等の多くは戦いを生業《なりわい》とする専業の兵士じゃない……彼等はただの平民……幾《いく》ら武器を持っていても、その心は……）

兵士といってもその多くは、領主である貴族達に因《よ》って徴兵《ちょうへい》された平民達に武器を握《にぎ》らせただけの急ごしらえだ。

勿論《もちろん》、怪物《モンスター》と言う超生命体《ちょうせいめいたい》が闊歩《かっぽ》し、村を盗賊《とうぞく》が襲撃《しゅうげき》する事もさほど珍《めずら》しい事ではない大地世界《アース》の住人である彼等は、戦いにおいて本当の意味での素人《しろうと》ではないだろう。

だが、一人前の兵士とは到底言えないのもまた、事実だった。

少なくとも、飛鳥が脳裏《のうり》に抱いていた兵士と呼ばれる職業軍人レベルの練度は期待出来る筈もないだろう。

（それに……）

飛鳥は周囲の兵士達に視線を向けて小さくため息をついた。

彼等が手にする武具は急ごしらえの大量生産品。

粗悪品《そあくひん》とまではいわないが、高級品とはとても言えない。

勿論、錆《さび》が付いていないだけまだマシという見方も出来るのだが、それにしても如何にも急造で作り上げたとしか見えない槍《やり》の穂先《ほさき》を見ると、ため息が出てしまう。

鎧兜に至っては、身に着けている兵士の方が圧倒的に少ない。

彼等の身を守る装備と言えば、木製の盾《たて》くらいなものだろうか。

機動性と言う意味からすれば、軽装備も決して悪くはないのだが、兵種の特性として軽装備の歩兵を集めて編制するのと、金は無いからおざなりな装備で済ませるのとでは、意味合いがだいぶ変わって来る。

（でもまぁ、当然よね……武器や盾ならともかく、防具はサイズを調整しなければ、身に着ける事が出来ないのだから……）

ゲームの設定であれば、鎧《よろい》は装備と画面上で設定すれば済んでしまう。

洞窟《どうくつ》や迷宮《ダンジョン》で防具を拾っても、そのまま装備出来るし、そうでなければゲームとしては煩雑《はんざつ》となりすぎるだろう。

ラスボス手前で拾った最強の鎧を身に着ける為《ため》に、一度町に戻って鍛冶屋《かじや》で調整をしなければ装備出来ませんでは、盛り上がってきたムードもぶち壊《こわ》しだ。

ゲームはあくまでも遊びに過ぎない。

あまりにも荒唐無稽《こうとうむけい》な設定もつまらないが、現実感を出し過ぎるのも問題なのだ。

そして、現実で鎧を本当に身に着けるとなると、当然簡単には済まなくなる。

洋服のサイズ合わせと同じだ。

大き過ぎればブカブカで裾《すそ》や袖《そで》が邪魔になるし、小さ過ぎればピチピチで動きづらい。

最悪の場合は着る事すら出来ないだろう。

そして、洋服の場合はサイズが違っても命を奪《うば》われる事は無いが、鎧兜ではそう言うわけにはいかない。

手間を惜《お》しんでいい加減な調整をすれば、文字通り命を代償《だいしょう》として支払う羽目になる。

だが、徴兵した兵士一人一人にコストは掛けたくない。

その結果が、飛鳥の視界に入る兵士達の状況だろう。

（この大地世界の常識からすれば、徴兵された平民なんて消耗品《しょうもうひん》でしかないのに、コストを掛けようなんて奇特《きとく》な貴族がいる筈ないもの……）

現代社会の常識からすればあり得ない事だ。

「人命は地球より重い」と宣《のたま》い、テロリストの要求に屈《くっ》した政治家が存在し、その言葉に理解を示す人間が一定数存在する程度には、人の命の価値が高いのだから。

勿論、そのテロリストの要求に屈する事で、更《さら》なる被害《ひがい》が発生する可能性を無視して……だ。

その思想の善悪《ぜんあく》はさておき、現代社会は目の前の人命優先という思想で動いている。

だが、この大地世界は違う。

厳格な身分制度が存在し、奴隷《どれい》制度が未《いま》だに大手を振《ふ》ってのさばっているこの大地世界では、人の命の価値は非常に軽い。

最も代替《だいたい》が利《き》く資源が人間なのだ。

何故《なぜ》なら、この大地世界では少子化問題など微塵《みじん》も存在していないからだ。

大地世界では、たとえそれが貴族階級であっても、現代社会の人間が享受《きょうじゅ》している一般的《いっぱんてき》な娯楽《ごらく》など望むべくもない。

そうなった時、人の欲求は食事や性欲と言った根源的な欲望に向きやすくなる。

現代社会でも、主要な先進国の出産数は減少傾向《けいこう》であるにもかかわらず、途上国《とじょうこく》と呼ばれる国々では逆に人口が増えているというのも同じ理由だろう。

ましてや、この大地世界の生活は、途上国などとは比べ物にならない劣悪《れつあく》な環境《かんきょう》。

その分だけ、人間は生存本能を掻《か》き立てられる。

つまりは、子作りに励《はげ》む事になる訳だ。

そして、この大地世界での女性の結婚適齢期《けっこんてきれいき》は十代の半ば。

場合によっては十代の前半でもう結婚《けっこん》している場合も有るだろう。

だから、二十歳《はたち》を超えても未婚《みこん》となると、かなり遅《おそ》いと周囲から見られてしまう。

そして、それだけ早婚《そうこん》だという事は良くも悪くも子供が生まれる可能性も高くなるわけだ。

現代日本でも昭和の初期からベビーブームと呼ばれる時期までは、何処の家庭でも兄弟が何人もいて当然だった。

現代社会ではその言葉の意味自体が成立しなくなってきているが、下世話な言い方をすれば貧乏子《びんぼうこ》沢山《だくさん》という言葉もあながち間違《まちが》いではないのかもしれない。

（まぁ、お爺《じい》ちゃんとお祖母《ばあ》ちゃんみたいに、兄と妹の二人しか兄妹《きょうだい》がいない家もあったみたいだけれど……ね）

とは言え、それは御子柴《みこしば》家が連綿と続く歴史ある名家であり、平均以上に裕福《ゆうふく》な資産家だったからという背景が強いとも言えるだろう。

ただどちらにせよ、本質的に人と言う生き物は異世界であろうとも欲望に忠実な生き物であるという事は変わらないのは確かなようだ。

（そして、この世界では……それがより顕著《けんちょ》だわ……）

見たくはない現実だが、そこから目を背《そむ》ける程《ほど》、飛鳥も子供ではなかった。

確かに人間としての本質は変わらないが、二つの世界は環境が違いすぎる。

その環境の違いが、差となって如実《にょじつ》に現れている。

それに、現代社会では人権という思想の下、一定の歯止めが存在しているが、この大地世界に人権と言う概念《がいねん》はない。

そんな世界では、人の命は文字通りの消耗品でしかないのだ。

勿論、コストが低いからと言って湯水の様に消費出来る訳ではないし、その事は大半の貴族達も理解している。

だから、流石《さすが》に武器を持たせずに戦場へ送り込む事は無いのだが、個々人の体格によって調整が必要となる鎧兜の配布は現実問題としてかなり厳しい。

（まぁ、こんな鎧を身に着けなくていいのは羨《うらや》ましいけど……ね）

そんなことを思いながら、飛鳥はほんの一瞬《いっしゅん》、自分が身に着けている鎧に視線を向ける。

飛鳥が今身に着けている鎧は、メネア・ノールバーグが特別に手配してくれた特注品。

それも、聖堂騎士《きし》が用いる、光神教団の紋章《もんしょう》が入った金属製の板金鎧《プレートアーマー》だ。

防御《ぼうぎょ》性能と言う意味からすれば、最高峰《さいこうほう》と言って良いだろう。

その重量と、板金鎧特有の関節部の可動性に難がある点を除けば、戦場に赴《おもむ》く装いとしてこれ以上の物はない。

もしあるとすればそれは、多額の金銭と引き換《か》えに付与《ふよ》法術を施《ほどこ》すくらいだろうか。

それにこの鎧は、飛鳥の体力に合わせて従来の品よりもかなり軽量化がされている。

まさにオーダーメイドという言葉が相応《ふさわ》しいだろう。

だが、それでも鎧を着慣れていない飛鳥にとってはただの重りでしかない。

その上、この周囲の熱気だ。

汗が玉の様に噴《ふ》き出し、幾らハンカチで拭ってもキリがない。

非常識だと理解しつつも、周囲の兵士の軽装を羨ましく思う気持ちは止める事が出来なかった。

とは言え、保護者兼《けん》この世界における姉の様な存在のメネアから、飛鳥の身分を明確にしておく必要があると強く言われれば抗《あらが》う事は難しい。

勿論、対外的にはメネアやロドニーの従者として今回の戦《いくさ》に参加している以上、ある意味鎧《よろい》を身に着けるのは当然と言えば当然なのだ。

それに、この着慣れない鎧を飛鳥が我慢《がまん》して身に着けている理由は他《ほか》にある。

それは飛鳥自身の貞操《ていそう》を守る為。

(立花《たちばな》さんもいるんだし、どうしても必要なら戦場についてから着る事にしても良いと思うけれど……まぁ、メネアさんのいう事が正しいのかな……)

日本であれば、自分が強姦《ごうかん》されるかもしれないなどと心配して、服装に注意する女性はまずいない。

飛鳥自身、もし日本でそんな言葉を女性から聞いたら、自意識過剰《かじょう》だと笑い飛ばす事だろう。

勿論、そう言った性犯罪が日本に存在しない訳ではない事を飛鳥は理解している。

だが、だからと言ってそれを恐《おそ》れて服装に注意するというのは、交通事故を恐れて外出しないと決断するくらい馬鹿《ばか》げていると感じてしまう。

それくらいには、日本と言う国の治安は良いのだ。

だが、この大地世界ではそう言うわけにはいかない。

この征伐軍に従軍している女性は少ない。

一部の騎士に女性がいることは確かだが、そう言った女性の多くは家名を持つ身分。

つまり、兵を率いる立場であり、単独で行動するという事が殆《ほとん》どない。

必ず警護兼従者として、誰かがその身辺に侍《はべ》る事になる。

それに、女の身でありながら戦場に出てくる彼女達《かのじょたち》は、その殆どがメネアの様に武法術を会得《えとく》した凄腕《すごうで》の武人。

男女の性別による身体能力的な差などとっくに超越《ちょうえつ》した存在と言える。

それに対して、飛鳥はただの平民でしかない。

確かに、御子柴浩一郎《こういちろう》に多少の手ほどきは受けているし、この大地世界に召喚《しょうかん》されてからは、メネアやロドニーと言った手練《てだ》れに稽古《けいこ》をつけて貰《もら》ってきてはいるだろう。

だが、基本的に飛鳥の武とはあくまでも護身の域に留《とど》まっている。

何の心得もない素人《しろうと》ではないが、武人としての覚悟《かくご》など到底《とうてい》持ち合わせてはいない。

結果的に人を殺してしまう事は出来るかもしれないが、殺す意思を持って手を下す事は難しいだろう。

それがたとえ、自分の命を奪おうとする敵であってもだ。

そして、この大地世界において敵を殺せないというのは、美徳ではなく単なる弱点にしかならない。

その上、飛鳥自身にその意識は薄《うす》いが、衆目を集める美少女なのは間違いない。

そんな美少女が、これから戦場へ赴こうという集団の中に紛《まぎ》れていればどうなるか。

簡単に言えば、飢《う》えた狼《おおかみ》の中に紛れ込んだ、憐《あわ》れな羊と言ったところだろうか。

それこそ、どんな無茶《むちゃ》な目に遭《あ》うか、予想が簡単についてしまう。

そして、そうなる可能性を飛鳥自身も否定は出来ない。

（でも、まさか、そんな事を気にしないといけないなんて……本当にこの世界は日本とは違うのね）

日本での生活であれば服装に対して注意するべき点は、流行に乗り遅《おく》れない程度にお洒落《しやれ》をする事くらいだろう。

勿論、飛鳥自身は別に流行の最先端を追い求めたいとは思っていないが、それでも華《はな》の女子高生としてそう言った事に無関心ではいられない。

飛鳥の容姿が人並み以上であるという事実からも、周囲が放ってはおかないのだ。

だから、必要以上にお洒落をしたいとは思わなくても、最低限のラインを保つ必要が出てくる。

あまりに古臭《ふるくさ》かったり、ダサいと言われたりする様な格好では、友人との付き合いかたにも影響《えいきよう》が出てきてしまうのだ。

後は、最低限のＴＰＯを弁《わきま》えた格好でさえあれば良い。

流石に冠婚葬祭《かんこんそうさい》の場では顰蹙《ひんしゆく》を買うだろうが、普段の街中を出歩くのであれば、下着が見えてしまうほど胸元《むなもと》の開いたスーツやミニスカートを穿《は》いていても別段咎《とが》められる様なモノではないし、その事に因って明確に何か不利益を受ける事もないだろう。

強《し》いて言えば、良識ある市民達から白い目で見られる程度の事で済む。

しかし、この大地世界ではそう言った格好をする事は明確に危険だ。

いや、そこまで煽情《せんじよう》的ではない服装であったとしても、街中を歩く際には注意した方が無難だろう。

しかも此処《ここ》で言うところの危険とは、仲間外れになるとか、周囲から白眼視されるといった程度では済まない。

文字通り、生命や貞操に直結してきてしまう。

ましてや此処は戦地に赴こうという兵士達に囲まれた行軍の真っ最中。

そう言う意味からしても、飛鳥が身に着けている板金鎧は場に即《そく》した装いと言えるだろう。

だが、必要性は理解していても、天空から地上に降り注ぐ太陽の強い日差しの所為《せい》で、肌《はだ》に玉のような汗が浮かぶのは確かだ。

(でも……それだけじゃない……)

桐生飛鳥が感じる熱気の原因は、単なる気候の影響だけではなかった。

それは、戦意に猛《たけ》る兵士達が放つ熱。

言うなれば、勝利を目前とした兵士だけが放つ熱狂《ねっきょう》の様なものだろうか。

彼等の心にあるのは、戦場への恐怖《きょうふ》ではない。

目の前に積まれた財宝を、どれだけ自分の手に握る事が出来るのかという事だけだ。

実際、それはこの北部征伐に参加した大半の兵士が心の内に感じている想《おも》いと言っても良いだろう。

何しろ、今回の北部征伐では御子柴男爵《だんしゃく》家と、彼が治める北部一帯の領地に対しての略奪《りゃくだつ》行為がルピス・ローゼリアヌスの名の下、正式に認められているのだ。

（御子柴男爵領における略奪の自由……か）

それは、通常では考えられない褒賞《ほうしょう》。

何しろ、今は御子柴男爵家の占領下《せんりょうか》に置かれているとはいえ、城塞《じょうさい》都市イピロス周辺は歴《れっき》と
したローゼリア王国の領土。

そこに暮らす人間《たみ》はルピス・ローゼリアヌスの民と言えるのだ。

それにも拘《かか》わらず、ルピス女王は徴兵された兵士達に対して略奪行為《りゃくだつこうい》を認めた。

勿論それは、ルピス女王にとって苦渋《くじゅう》の決断ではあっただろう。

理由は色々と考えられる。

だが、その最大の理由は貴族達を北部征伐軍に参加させる為だろう。

御子柴男爵家が憎《にく》くても、それはあくまでも個人的な遺恨《いこん》。

如何に傲慢《ごうまん》な貴族といえども。そこまで愚《おろ》かではない。

いや、彼等は自らの損得を計算するという観点においては、非常に賢《かしこ》い頭脳を持っている。

貴族院で起きた惨劇《さんげき》で、犠牲になった人間の血縁者《けつえんしゃ》は御子柴亮真《りょうま》を恨《うら》んではいるだろうが、
兵を挙げてまで復讐《ふくしゅう》を優先するかと言えば正直に言って微妙なところだろう。

だからこそ、ルピス女王は御子柴男爵領に対しての略奪を許可した。

そして、武功を挙げた人間には、旧ザルツベルグ伯爵《はくしゃく》領を始めとした、北部十家の領地を与《あた》
えると宣言したのだ。

（自国の民が犠牲になる様な事を許可するなんてね……）

飛鳥の感覚からすれば、それはただの愚行《ぐこう》にしか感じない。

政治形態を問わず、国家にとって国民とは国という存在を形成する上で必要不可欠な要素だ。

その国民を自ら切り捨てるというのは、いわば自傷行為《こうい》に近い。

感情的にも、飛鳥がルピス女王に対して嫌悪《けんお》を抱《いだ》いてしまうのは無理からぬことだろう。

ただそう言った感情的な気持ちの一方で、理性的な部分ではルピスの決断を許容している自分がいる事を飛鳥は理解している。

(他に手段はないでしょう……少なくとも、私には分からない……ならば、ルピス・ローゼリアヌスを批判するのは卑怯《ひきょう》なのかも)

確かに、ローゼリア王国の現状を考えれば無理からぬ決断なのかもしれない。

ルピス女王としても、自国民を犠牲にする様な事を望んで選ぶ筈《はず》がないのだから。

実際、この北部征伐軍の士気は極《きわ》めて高い。

それはこの軍に参加したローゼリア王国の貴族家の数からみても明らかだ。

感情と実利。

その両方が満たされた結果が、目の前の大軍なのだろう。

だが、それでもルピス女王が決断を下した事実は変わらない。

その決断は、今後ルピス女王の心に影《かげ》を落とし続ける筈だ。

(それに、私にはルピス・ローゼリアヌスの決断を批判する権利なんてない)

御子柴男爵家の当主である、御子柴亮真が本当に飛鳥の知るあの亮真なのかは分からない。

確かに、以前は確信を持ってはいた。

今でも、恐らくはそうだろうと考えてもいる。

だが同時に、別人の可能性を飛鳥は捨てきれないでいた。

顔を見ていない以上、同一人物であると今の段階で断言出来る筈が無いからだ。

しかし、それが本当に飛鳥自身の正直な気持ちなのだろうか。

（いいえ……単に私がそう思いたくないのかも……）

普通《ふつう》に考えれば学校から突然《とつぜん》消えた亮真が、飛鳥達と同じ様にこの大地世界へと召喚されたという考え方は荒唐無稽ではある。

だが、自然な流れから導き出された結論でもあるのだ。

そうなると、自分の身内が今回の戦のもう一方の当事者であり首謀者《しゅぼうしゃ》という事になる。

勿論、身内としては擁護《ようご》したくはなるのだ。

桐生飛鳥もまた、この世界の不条理さに憤《いきどお》りを感じる人間の一人なのだから。

（例えアイツでも……この世界で、生き残るのは並大抵じゃないもの……）

だが、先日王都ピレウスの貴族院で起きた惨劇を伝え聞いた限り、無実の弁護をするのはかなり難しいだろう。

強いて出来るとするならば、情状酌量《じょうじょうしゃくりょう》を訴《うった》える事くらいだろうか。

だから、メネアやロドニーからの問いに関しても、飛鳥ははぐらかす様な答えで逃《に》げた。

ただ、それがつまらない現実逃避《とうひ》である事もまた、飛鳥は理解している。

単に、飛鳥が持つ現代人としての感性と良識が、戦争の首謀者を身内として認めたくないという気持ちから発した想いなのだろう。

（実際、あの馬鹿ならやりかねないものね……）

桐生飛鳥が知る御子柴亮真とは眠《ねむ》れる英雄だ。

或《ある》いは、祖父である御子柴浩一郎の手によってつくられた、時代錯誤《じだいさくご》な前時代の武人とも言えるかもしれない。

ただし、その事は飛鳥以上に亮真自身が一番よく理解してもいた。

強靭《きょうじん》にして強固な獅子《しし》の如き肉体と鋼の意志を持ち、毒蛇《どくへび》の牙《きば》と智謀《ちぼう》を兼《か》ね備《そな》えていながら、日々の惰眠《だみん》を貪《むさぼ》る事に終始する平凡《へいぼん》な人間。

矛盾した評価かも知れないが、その評価が飛鳥には一番しっくりと来る。

高校では眠れる熊《くま》などと揶揄《からか》われていたが、それはまさに本質をとらえた表現と言えるのだ。

周囲もまた亮真の内に秘《ひ》めた異質さを本能的に感じ取っていたからだろう。

だが、そんな異質さを理解する一方、飛鳥は御子柴亮真と言う人間を一度として恐ろしいと感じた事は無い。

それは、御子柴亮真という人間が、自らの異質さを理解した上で、節度を持って周囲と接していたからだ。

鋭利《えいり》な刃《やいば》を持つ日本刀であっても、鞘《さや》に収まっていれば人を傷つける可能性が無いのと同じ理屈《りくつ》だろうか。

（まぁ、日本刀に例えるならアイツの場合は単なる刀じゃなくて、妖刀とか魔剣《まけん》なんて言われる類いだろうけれど……ね）

それは現代社会において抜《ぬ》く必要性が無かった妖刀。

だが、一度鞘《ひとたび》から放たれれば、血を吸わずにはいられないだろう。

（ただ、本当に一度も抜いた事が無いとは言い切れないけれども……ね）

飛鳥が知る限り、御子柴亮真という人間は基本的に平和主義者でどちらかと言えば事なかれ主義的だ。

しかし、ある一定の基準を超《こ》えると、途端《とたん》に危険度が増してしまう。

一度目は小学校の頃《ころ》、クラス内のイジメを見て見ぬふりをして保身に走った担任を都の教育委員会へと訴えて懲戒免職《ちょうかいめんしょく》にまで追い込んだ時。

二度目は、家の近くの公園で夜な夜な屯《たむろ》していた不良が物理的に排除《はいじょ》された時だ。

もっとも、どちらも亮真が動いたという明確な証拠《しょうこ》は何も無い。

担任の方は、ビデオカメラに録画されたデータが直接警察署の方に送りつけられた結果、事件性ありという事で大騒《おおさわ》ぎになったのだが、送付されたメールアドレスはフリーのメールアドレスが使われていた上に、区外の図書館に設置されたＰＣ《パーソナルコンピュータ》経由で送付されていた為、誰が送付したかは結局分からずじまいだったし、不良達が公園から排除された方に関しては、不良同士の抗争《こうそう》だろうという事で有耶無耶《うやむや》に終わっている。

ただ、どちらの状況《じょうきょう》でも共通点がある。

それは飛鳥が何らかの形で被害を受けたという事。

（アイツは身内が理不尽《りふじん》な目に遭う事を許さない。そして、問題はアイツが動くのが必ずしも被害を受けてからだとは限らないという事……）

勿論、ただの偶然《ぐうぜん》でしかない可能性もある。

教師の懲戒免職の件はデータを公的機関へ提供しただけなので、実行の意思とある程度の法的知識があれば誰でも行える対応なのだから。

そう言う意味からすれば、当時小学生だった亮真がやったというのは無理がある推論なのかもしれない。

だが、不良の排除の方は明らかに違う。

噂《うわさ》では不良同士の抗争である筈なのに、怪我《けが》を負った不良達は皆《みな》、素手《すで》で制圧されている。

そして、不良達はナイフなどの武器を携帯《けいたい》していた事も分かっているのだ。

（刃物《はもの》を持った複数人を相手に素手で全員を病院送りにするなんて、相当な腕前《うでまえ》が無ければ無理な芸当ね……）

その上、全員がほぼ再起不能な重傷を負わされている。

死んだ人間こそいないが、二度と周囲に迷惑《めいわく》を掛ける様な真似《まね》が出来ない様に重い障害を負わされたのだ。

それも意図的に……。

勿論、当時の日本で同じ事が出来る人間が御子柴亮真しかいないという訳ではない。

日本は一億二千万を超える人口を誇《ほこ》る国だ。

そして、この国には、空手や柔道《じゅうどう》を始めとして、様々な武術や格闘技《かくとうぎ》が存在している。

確かに武術家や武道家と呼ばれる人間の数は少ないかもしれない。

だが、御子柴亮真以外にも同じ事が出来る手練れは存在している筈だ。

しかし、単なる町の不良がそれだけの実力を持った複数の人間から制裁を加えられる程の怒《いか》りを買うだろうか。

そう考えた時、最も自然なのは御子柴亮真が飛鳥を傷付けた事に因る報復を行ったと見るべきだろう。

（まぁ、お爺ちゃんの可能性もあるけれど……）

とは言え、この話はあくまでも飛鳥が勝手に作り上げた推論でしかない。

証拠など何もない話なのだ。

ただ、実行したのが本当に亮真だったとしても飛鳥は少しも驚《おどろ》かない。

いや、驚かないどころか、当然の事と納得《なっとく》してしまうだろう。

自分の幼馴染《おさななじみ》の性格と人間性を理解しているが故《ゆえ》に。

そして、分かってしまうのだ。

強固にして独善的とも言える倫理《りんり》観《かん》と、一度敵と見定めた相手に対しては決して容赦《ようしゃ》をしないという難儀《なんぎ》な性格を持つ亮真が、この大地世界の現状を見てどう感じたかを。

（まぁ……我慢出来なかったのでしょうね）

傲慢で弱者を踏みつけて顧《かえり》みない王侯《おうこう》貴族達の姿に憤《いきどお》りを感じた筈だ。

そして、そんな青臭《あおくさ》いとも言える正義感や倫理観の裏で冷徹《れいてつ》に計算した事だろう。

この大地世界の理不尽な現状を苦々しく感じつつも許容するか、もしくは流血を覚悟した上で暴力をもって無理やりにでも変更《へんこう》するか、どちらの選択肢が自らと自分の仲間達にとって得になるのかを。

そして、結果として御子柴亮真はこの弱肉強食の世界の法則にしたがい、力による変更と言う道を選んだ。

その結果、血塗《ちぬ》られた惨劇が起きたとしても、その責任の全《すべ》てが御子柴亮真一人に帰するとは言えないだろう。

少なくとも、自らに向けられる非難の矛先《ほこさき》を躱《かわ》すだけの大義名分は既《すで》に準備している筈だ。

(そう言う事には余念がない性格だからね……ただ……)

問題は、そんな計算高い筈の亮真が今回の戦を起こした目的と何故この時期なのかと言う疑問。そして、これほどの大軍を相手に本当に勝機があるのかという点だろう。

(アイツの狙《ねら》いは分からなくもないけれど……でも……本当に勝算があるのかしら？　こんなに敵を増やしてしまって……)

飛鳥の知る御子柴亮真という男は、基本的にものぐさなところがある。

それも、自分が気乗りしない事に対しては特にその傾向が強い。

そして、溜《た》めた課題を短時間で処理したい派の人間だ。

学校の夏休みの課題を例にすると、毎日コツコツ消化するよりも、夏休みの最終週になって初めて机に向き合うタイプだろう。

だから、敵を一網打尽《いちもうだじん》にしたいというの亮真の思惑《おもわく》は理解出来る。

また、ダラダラと戦を続けるよりも、短期決戦に持ち込む方が、人的資源や経済、食料物資の供給面から考えて損害が軽くて済むのも事実だ。

そう言う意味では、敵の戦力を集結させ一度に叩《たた》こうというのは、戦略的に間違っているとは言い切れない。

ただし、そう言った戦略的狙いを加味しても、今回の戦が戦術的に正しいかどうかは疑問だだろう。

そして、その正誤を判断出来るのは、この戦が終わり、勝者と敗者が決まった時だけだ。

ただ、如何《いか》に御子柴男亮真という男が【イラクリオンの悪魔《あくま》】とも謳《うた》われる戦の達人であったとしても、一介《いっかい》の領主でしかない事を考えれば勝敗は既に明らかだった。

少なくとも、飛鳥にはこの状況から御子柴男爵家が勝利する道筋など見えない。

(二十万の軍勢……か……果たしてどんな秘策があるのやら……)

馬車の外に広がる軍勢の威容《いよう》に、飛鳥は再び視線を向けた。

(これが全て、アイツの……敵なのね……)

兵士一人一人の質は決して高くないが、何よりも数が膨大《ぼうだい》だ。

それは蝗《いなご》の如く、御子柴男爵領を飲み込んでいくだろう。

その濁流《だくりゅう》の様な人馬の群れが巻き上げる砂煙《すなけむり》に目を細めながら、桐生飛鳥は小さくため息をついた。

何も出来ない傍観者《ぼうかんしゃ》でしかない自らの無力を噛《か》み締《し》めるかのように。

だから、飛鳥は気が付かなかった。

そんな自分に対して、ただじっと見守る男の視線に……。

桐生飛鳥の様子を横目にしながら、立花源蔵《げんぞう》は馬の手綱《たづな》を操《あやつ》る。

普段と何も変わらない行動。

馬の御者《ぎょしゃ》など日本では一度もやった経験はなかったが、人間必要になれば嫌《いや》でも身に付く物らしい。

中々に堂に入った手綱さばきと言えるだろう。

しかし、その心の内側には漣《さざなみ》が湧《わ》き起こっていた。

(余計な口を利く事は無い。自然だ……自然なままでいろ……)

その想いだけが、立花の心を支配している。

本来であれば、思《おも》い悩《なや》む様子の飛鳥に何か年長者として声を掛けるべきではあるのだろう。

立花は飛鳥が何を思い悩んでいるのかを知っていた。

この大地世界に召喚されて以来、かなりの時間を共に過ごしてきたのだ。

ましてや、立花源蔵は今でこそ所轄《しょかつ》の生活安課に所属しているが、元々は刑事部《けいじぶ》捜査《そうさ》第四課に所属し、暴力団などを相手にしてきた凄腕の刑事《けいじ》。

それだけに人間の心の機微《きび》を察したり、心理を読み取ったりする力はずば抜けている。

そんな立花にしてみれば、自分の半分の人生も生きたかどうかといった小娘《こむすめ》の心情を読み取れない訳が無かった。

ただし、心の内を読み取れたところで、正しい対処が出来るかと言われるとそう言う訳でもない。

(何とかしてやりたいとは思うが……今の状況では……な。せめて何か気の利いた事でも言って励ましてやればいいのだが……まぁ、無理だろうな……)

確かに、立花は仕事に追われた生活で未だに独身貴族を貫《つらぬ》いている。

だが、独身だからと言って女性が苦手と言う訳でもない。

女の扱《あつか》いに慣れているとまではいわないが、それなりに場数は踏んできている。

とは言え、年が一回り以上も離《はな》れた女性に対して、適切な言葉を掛けるのは難しいだろう。

それに、立花は桐生飛鳥に対して、特別な感情を抱き始めている。

勿論、男女の情愛を抱いているといった話ではない。

流石に年が離れすぎている。

だが、警察官として培《つちか》ってきた義務感とは別に、飛鳥に対して妹や姪《めい》に対するような親愛の情を抱き始めているのは事実だった。

そして、それが立花の判断を狂《くる》わすのだ。

それに、そう言った諸々《もろもろ》の事情を考慮《こうりよ》せずとも、今の五里霧中《ごりむちゆう》とも言える混沌《こんとん》とした情勢下では、飛鳥に適切な言葉を掛けるというのも中々に難しい。

(安心しろ？　問題ない？　馬鹿な、そんな事、言える訳がない)

御子柴亮真が本当に飛鳥の思い描《えが》く人物であるとすれば、肉親が国賊《こくぞく》として討伐《とうばつ》されようとしている状況なのだ。

ましてや、周囲には御子柴男爵を討《う》とうと王国全土から集まってきた兵士達がひしめき合っている。

確証が有ろうと無かろうと、平静を保てる筈がないだろう。

(第一、俺《おれ》の言葉に何の意味がある？　弱者の俺に……)

メネアやロドニーであれば、言葉にも説得力が出てくるだろう。

だが、今の立花がどれほど筆舌《ひつぜつ》を尽くそうとも、その言葉には信用などない。

何故なら、この大地世界において、立花源蔵は何の後《うし》ろ盾《だて》も持たない平民の一人でしかないのだから。

(俺はこの世界では、何者でもない……)

確かに、警察官だった頃の立花には、その口から放たれた言葉には常に高い信用があった。

警官であると相手に告げれば、たとえ警察手帳や拳銃《けんじゆう》と言った小道具をひけらかさなくても、相手を宥《なだ》める事も、叱責《しつせき》する事も出来たのだ。

それは、警察官と言う職業が持つ目に見えない信用と言う名の力。

最近は警察の不祥事《ふしょうじ》によって、その信頼度《しんらいど》も大分薄れては来ていたが、それでも職業が警察官であるという事実は、その人間に対して一定の信用を齎《もたら》す。

だが、この大地世界に召喚された今、警察官だったという事実は、あくまでも過去の経歴の一つでしかない。

勿論、立花には柔剣道《じゅうけんどう》や空手の経験があり、強靭な肉体を持っている。

メネアやロドニー達のおかげで、武法術も会得した。

光神教団の正式な従者としての身分もある。

このままいけば、何《いず》れはロドニーに仕える正式な騎士として仕官する事になるだろう。

しかし、今はまだ数多《あまた》居る騎士の卵として修業《しゅぎょう》中の従者でしかない。

社会的な地位と言う観点で見れば、立花は未だに単なる平民の弱者でしかないのだ。

そして、そんな弱者の言葉では誰《だれ》も救う事など出来ない。

たとえそれが、どれ程真心に溢《あふ》れた言葉であったとしても……だ。

(ロドニーさんに話をするしかないだろうな……情けない事だが……)

立花はもう一度横目で飛鳥の顔を窺《うかが》う。

そして小さくため息をつくと、馬の尻《しり》に鞭《むち》を入れて馬車の速度を上げた。

全ての懸念《けねん》が風に吹き飛ばされるようにと祈《いの》りながら。


その日の夜の事だ。

行軍を止めた北部征伐軍《せいばつ》は、街道の結界柱の外に広がる平原に陣《じん》を張り、夜を明かそうとしていた。

満天の星の中に、月が夜空に浮《う》かんでいる。

青白い光で地上を照らす月は、優《やさ》しく人々の心を包み込む。

それはまるで、北部征伐軍を北の地へと導く道標《みちしるべ》の様にも見えた。

そんな中、ロドニー・マッケンナは割り当てられた自分の天幕の中で、一人物思いにふけっている。

その脳裏に浮かぶのは、先ほど立花から聞いた飛鳥の様子に関してだ。

（どうしたものか……）

考えがまとまらず、ロドニーは棚《たな》から酒瓶《さかびん》を取り出し直接口を付けた。

琥珀色《こはくいろ》の液体が口元から零《こぼ》れ落ち、胸元へと滑《すべ》り落ちる。

高価な絹のシャツに点々と染《し》みが広がっていく。

そんなロドニーに向かって、天幕の幕を上げて中の様子を目にしたメネアが、非難の混じった視線を向ける。

「高いお酒なのにもったいない事をするわね。シャツにも染みを作って……まったく、後でちゃんと洗濯《せんたく》に出しておきなさいよ？　子供じゃないんだから」

そう言うとメネアは、ロドニーの手から酒瓶を毟《むし》り取った。

そして、机に置いてあったグラスに酒を注ぐと、ロドニーに向かって差し出す。

「ふん、ほっとけ……」

不満そうな顔。

もっとも表情とは裏腹に、メネアが差し出したグラスを渋々《しぶしぶ》でも受け取るところを見ると、二人の力関係はメネアの方が上らしい。

男女の幼馴染と言うのは、女性の方が力を持つケースが多い様だ。

そんなロドニーの様子に苦笑いを浮かべながら、メネアは近くに置いてあった椅子《いす》に腰《こし》を掛《か》ける。

「それで、どうするつもり？」

それは主語のない問い掛け。

だが、ロドニーにはメネアの問いかけの意味が嫌というほど理解出来た。

その瞬間《しゅんかん》、ロドニーの顔に苦悶《くもん》の色が浮かぶ。

そして、己《おのれ》の心の内を正直に告げた。

「正直迷っている……」

「そう……」

それは、メネアにとっても予想通りの答えだったのだろう。

ロドニーの言葉に、メネアは小さく頷《うなず》く。

だが、それで話を終える訳にはいかないのだろう。

メネアは躊躇《ためら》いがちに口を開いた。

「でも、このままの状態では不味《まず》いわよ……」

先ほど立花から聞いた飛鳥の様子は、ロドニー達《たち》にとって予想通りの展開ではあった。

だが、予想が的中したところで、対応方法が決まらなければ何の意味もない。

「分かっている。だがどうしたらいい？」

「あの子を御子柴男爵家へ送り出すのも一つの手だと思うけど？」

それは、非常に有効な決断だと言えるだろう。

ただし、様々な危険因子を含《ふく》んでいる選択《せんたく》だとも言える。

「それは俺も考えた。あの子の事を考えれば、それが一番なのかもしれないが……今の状況でこちらから動くのは不味いだろう？」

その言葉に、メネアはため息をつきつつ頷いた。

「そうね……少なくとも、御子柴男爵が飛鳥の身内である御子柴亮真であるという確実な証《あかし》が持てなければ、厳しいでしょうね……飛鳥自身も確証が有る訳ではない様だし……」

「あぁ……俺もそう思っている」

勿論《もちろん》、九割方の確信を持ってはいるだろう。

少なくとも、聖都メネスティアを出発する際には、何の疑問も持ってはいなかった筈だ。

だが、ローゼリア王国内に入ったあたりから、そんな飛鳥の心境に迷いが生じた。

それは、日々の飛鳥の言葉を聞いていればすぐに分かる変化だろう。

最初、飛鳥は御子柴亮真の名前を聞いたタイミングでは、予想外の情報に歓喜《かんき》して、事の真《しん》偽《ぎ》を深く考える余裕《よゆう》が無かったのだろうが、それから少しずつ御子柴男爵家の情報が増えていく事に因《よ》って、本当に自分の知る人間なのか確信が揺《ゆ》らいできたのだ。

（まぁ、飛鳥の置かれた状況を考えれば分からなくもない……）

人は自分の信じたい情報を信じてしまう生き物。

突然異世界に召喚された挙句、庇護者《ひごしゃ》である御子柴浩一郎と離れ離《ばな》れになってしまい心細い思いをしていた当時の飛鳥が、不確定な情報を信じ切ってしまったとしても誰も責められはしないだろう。

だから、ロドニーとメネアは飛鳥を責め立てようとは思わない。

（ただ、そうなると……）

飛鳥が自分の身内だと言うからこそ、此処まで連れてきたのだ。

その前提条件が崩《くず》れてきている今、どういう対応をするべきかはロドニーとしても実に悩ましいところと言える。

（とは言え、するべき事は決まりきっている……か）

結局、確証を得る方法は一つしかない。

分からないなら、実際に顔を合わせて確かめるより他に道はないのだから。

そしてそんな事は、この場に居るロドニーやメネアを筆頭に、立花や当事者である飛鳥も理解している。

ただ、必要だからと言ってそれを実行できるかどうかは別の話だ。

正直に言って、ルピス女王の率いる北部征伐軍の中に組み込まれているロドニー達にとって、御子柴男爵家と連絡《れんらく》をとる事はかなり難しいだろう。

もし万が一にもその情報がルピス女王達へと漏《も》れた場合、裏切り者として処罰《しょばつ》されるかもしれないのだから。

（それに、問題は飛鳥の気持ちだけではない……）

その懸念がある限り、ロドニーとしても今の段階で御子柴男爵家へ飛鳥を送り出すという決断は出来ない。

「何より問題なのは、御子柴男爵が飛鳥の身内であると仮定しても、今の状況で態々劣勢《わざわざれっせい》な御子柴男爵側にあの子を送る意味があるのかどうか……だ」

「そうね、今の状況ではあの子の庇護者として適切と言えるかどうかは微妙《びみょう》でしょう……そして、もし御子柴男爵家が今回の戦で勝利を得る事が出来なければ……最悪、あの子を殺す事にもなりかねないわね」

助けるつもりで御子柴男爵家に送り出したのに、沈《しず》みゆく泥船《どろぶね》に乗せる事になるかもしれないのだ。

それでは何の為《ため》に様々なリスクを覚悟した上で御子柴男爵家と接触《せっしょく》を持つのか意味が分からなくなってしまう。

「戦の後に動けばよいのかもしれないが……その場合は今以上に御子柴男爵家との接触が難しくなるだろう」

「そうでしょうね……私達の立場を考えると、そうなる可能性が高いと思うわ」

理由は簡単だ。

元々、ロドニーとメネアが聖都メネスティアからはるばる西方大陸の東部にまでやって来たのは、ローランド枢機卿《すうききよう》の警護と補佐《ほさ》と言う役割を与えられたからだ。

そして西方大陸の東部まで長旅をしてきたローランド枢機卿の最終的な目的は御子柴亮真という人間の器量とその目的を見定め、光神教団に取り込む事。

表向きは各地の視察旅行という事になっているが、何の事は無い。

(その本質は密偵《みつてい》の様なものだ……)

確かに、世俗《せぞく》から隔絶《かくぜつ》された宗教団体の幹部にしては生々しい任務だろう。

だが、密偵が敵地に潜入《せんにゆう》して破壊《はかい》工作や諜報《ちようほう》活動を行うなど、世間一般《いつぱん》の人間が持つイメージの他に、誰もが「まさか、あの人が！」と驚くような、社会的に地位の高い人間の手によって秘密裡《ひみつり》によって行われているものなのだ。

そして、ロドニーの任務はそんなローランド枢機卿の補佐。

何が主で何が従かと問われれば、ローランド枢機卿の警護と彼《かれ》の任務達成を手助けする事が主であり、飛鳥の件はあくまでも従でしかない。

(どちらを優先するべきか、自明の理だ)

これは、光神教団に仕え守る事を使命とした騎士としてのロドニー達の義務だ。

そしてそれが分かっているからこそ、ロドニー達は飛鳥の存在をローランド枢機卿に告げていないのだ。

全てはまだ、確定していないからという理由を盾《たて》にして。

勿論、ローランド枢機卿も桐生飛鳥と言う少女の存在自体は、幾度《いくど》も目にはしている。

聖都メネスティアからの道中と言う少なくない時間を共に過ごしてきたのだから。

しかし、飛鳥の来歴と立場に関してローランド枢機卿は何も知らない。

ロドニーとメネアが可愛《かわい》がっている少女。

恐らくはそんな認識《にんしき》だろうか。

(だがもし、ローランド枢機卿が、全て知ってしまえば……)

勿論、飛鳥を光神教団の賓客《ひんきゃく》として厚遇《こうぐう》する可能性はあるだろう。

餓狼《がろう》の様な人間が多い光神教団の中で、ローランド枢機卿は人格者で通っているのだ。

案外、飛鳥の境遇《きょうぐう》に同情を示し、協力してくれるかもしれない。

だがその一方で、人質交渉《ひとじちこうしょう》のネタにされる可能性も捨てきれないのは事実だ。

単なる人格者が、教団内部の政争を勝ち抜いて枢機卿と言う高位の地位まで上り詰《つ》める事など出来る筈もない。

何より、御子柴男爵家との間で行われる交渉《こうしょう》の流れ次第《しだい》では、殺害を命じられる可能性も否定は出来ないのだ。

「あの日、聖都メネスティアを目指して帰還中だった俺達《おれたち》が、ベルゼビア王国の森の中で三つ目虎《サードアイ》の死体のそばに立ち尽《つ》くす彼女《かのじょ》を保護した時には、まさかこんな事になるとは思いもよらなかった……」

そう言うとロドニーは静かに首を横に振《ふ》りつつ肩《かた》を竦《すく》めてみせた。

まさにお手上げといった感じだろうか。

そして、そんなロドニーに対してメネアは苦笑いを浮かべつつも同意する。

「そうね……同感だわ」

初めは単なる善意から保護しただけだった。

だが、飛鳥が持っていた刀に本来施《ほどこ》されている筈のない付与《ふよ》法術が施されていた事から話は変わった。

それでも、ロドニー達にとって桐生飛鳥という人間の価値は、あくまでも組織とのつながりを匂《にお》わせる御子柴浩一郎と言う人間をおびき寄せる餌《えさ》でしかなかった筈だ。

極端《きょくたん》な話、飛鳥の身の安全はあくまで餌としての価値があればこそ保証されてきたと言えるだろう。

だが、それなりの日数を共に過ごした結果、桐生飛鳥と言う存在は何時《いつ》の間《ま》にか単なる餌ではなくなってしまっている。

一瞬《いっしゅん》、ロドニーの脳裏《のうり》に死んだ父親の姿が過《よぎ》った。

その顔には、ロドニーを叱責する様な険しさが浮かんでいた。

タルージャ王国の騎士団《きしだん》の一つを任されていたロドニーの父親は、伯爵と言う高位の貴族でありながらも開明的で平民階級の人間に対しても、決して横暴な態度をとる事は無かった。

だが、だからと言って非情な決断が出来ない甘ちゃんだった訳ではない。

必要とあれば、非情な決断も出来る人間だったのは事実だろう。

(父上が今の俺を見れば、甘《あま》いと叱責されるかもしれんな……だが……)

少なくとも今のロドニーには、飛鳥を犠牲《ぎせい》にしてまで組織の情報を御子柴浩一郎から得ようという意思はない。

それどころか、この心優《こころやさ》しい善良な少女に、この過酷《かこく》な大地世界で少しでもマシな未来を与えてやりたいと考えているくらいだ。

だからこそ、二人は飛鳥に自分達の従者と言う公式の身分を与えた。

確かに従者と言う身分は決して高くはない。

従者とは専属の将校に付き従い、身の回りのこまごまとした雑用を行う使用人の様な立場なのだ。

だが、光神教団の聖堂騎士《きし》と言えばその身分は決して低くはない。

貴族の爵位《しゃくい》に当てはめて考えれば、その身分は最低でも男爵《だんしゃく》位以上の地位を指す。

まして、ロドニーやメネアはそんな聖堂騎士団の中でも特に地位が高い人間。

何しろ、元々二人は聖都メネスティアに駐留《ちゅうりゅう》する十の正規騎士団の内の一つを率いる、団長と副団長を務めていた程《ほど》の逸材《いつざい》だ。

光神教団の中でも将来を嘱望《しょくぼう》されていたと言っていいだろう。

確かに一度は、ロドニーを目の敵《かたき》にするバルガス枢機卿の暗躍《あんやく》によって、諸国に派遣《はけん》される遠征《えんせい》部隊の小隊長にまでその身を落とした。

だが、それもあくまで昔の話。

ロドニーの持つ卓越《たくえつ》した武人としての技量を知っていたローランド枢機卿の尽力《じんりよく》もあり、今では聖堂騎士の一人として枢機卿の身辺を警護する部隊の長にまでに上り詰めているのだ。

当然、そんな人間の傍《そば》に侍《はべ》る従卒には一定以上の家柄《いえがら》が必要になってくる。

本来であれば何処《どこ》の馬の骨とも知れない平民でしかない飛鳥や立花が従者として起用される可能性は皆無《かいむ》だったと言えるだろう。

だから、二人に従卒の身分を正式に与えるにはかなり苦労した。

ローランド枢機卿は特に何も言わなかったが、その取り巻きを黙《だま》らせるのに少なくない金額を費やしてもいる。

そうまでしてでも守りたい笑顔《えがお》だ。

（そしてそれは、メネアも同じ考えの筈だ）

それが分かっている以上、今更《いまさら》飛鳥を切り捨てるなどと言う道はない。

「とりあえずは様子見をするしかない……か」

それは、現状維持《いじ》と言う名の逃避。

ロドニーは一旦《いったん》結論を出す事を諦《あきら》めたのだろう。

「まぁ、仕方がないわね……もう少し御子柴男爵領に近づけば、状況が変わる可能性もあるし」

そんなロドニーにメネアは苦笑いを浮かべながらも小さく頷く。

実際、今の状況では情報が少なすぎるのだ。
無理やり結論を出すよりもじっくりと対応を考えるべきだと判断したのだろう。
もっとも、言葉で言うほど楽観視はしていないらしい。
そして、それはロドニーも同じ。
二人の顔に浮かぶ憂いに満ちた表情が、その胸中を雄弁に物語っている。
それだけ飛鳥の事が気になっているという証拠なのだろう。
そして、その分だけ周囲への警戒心《けいかいしん》が緩《ゆる》んでしまった。
だから、二人は最後まで気付く事が出来なかったのだ。
この天幕に注がれる第三者からの視線に……。

第二章　弱者と言う名の刃

朗《ほが》らかな風が平原を駆《か》け抜けてゆく。

その日、城塞都市イピロスの南西部に広がる平野の一角には、無数の軍旗が翻《ひるがえ》っていた。

丁度昼食時なのだろうか。

竈《かまど》から立ち上る無数の煙《けむり》が、天に向かって幾重《いくえ》にも伸《の》びている。

人馬が行き交《か》い、野営地の中はまさに戦場の様な有様だ。

しかし、そんな彼等の表情は何処か硬く険しい。

とは言え、それも致《いた》し方《かた》のないところだろう。

理由は二つある。

一つは戦場が近いという点だろう。

何しろ、御子柴男爵家《みこしばだんしゃくけ》の支配領域である北部に侵入《しんにゅう》して以来、最初の攻略《こうりゃく》地点である城塞都市イピロスを目前にしているのだ。

どれ程遅《ほどおそ》くとも、あと数日の内には実際に血みどろの戦が幕を開ける。

それが分かっていて平静を保つのは難しいだろう。

そして、二つ目の理由は、そんな開戦間近の状況にも拘わらず、御子柴男爵軍の動きが見えないという点だ。

偵察《ていさつ》部隊を出す訳でもなく、矢の一本も放つ訳でもない。

それはいうなれば、北部征伐軍を無視している様にも見える態度。

その無反応さが逆に、将兵の心を苛立《いらだ》たせ、野営地の中に満ちた殺気の帯びた空気をさらに助長していく。

敵の動きが予測出来ないというのは、将兵の心にそれだけ大きな心理的負荷《ふか》を掛けるものなのだろう。

そしてそれは、この大軍を率いる首脳陣《しゅのうじん》にしても同じだった。


野営地の中央に設けられた一際《ひときわ》大きな天幕の中で、ルピス・ローゼリアヌスは、その美しい顔に苦悶の表情を浮かべながら呟《つぶや》いた。

「どう云《い》う事なのかしら？　何故《なぜ》動かないの？」

執務机《しつむづくえ》の上の地図に置かれた駒《こま》は、北部征伐軍が後二日ほどで城塞《じょうさい》都市イピロスへと到着《とうちゃく》する事を示している。

王都ピレウスを出発してから今日まで、行軍自体には何も問題は無い。

まさに順調そのものと言っていいだろう。

普通に考えれば、問題が起きていない事を喜ぶべき話だ。

少なくとも不安に感じる必要はない。

しかし、相手が御子柴亮真《りょうま》となると話は変わって来るのだ。

その思いがルピス女王の心を縛《しば》る。

「いえ……順調すぎるわ……」

そして、不安からか無意識のうちに心の不安が言葉となってルピス女王の口から零れ落ちる。

「異常がない事そのものが異常よ」

それは、根拠《こんきょ》のない勘《かん》の様なものだ。

本来であれば、軍を動かす上で考慮するべき要素ではないだろう。

だが、ルピス女王には確信があるらしい。

ルピス・ローゼリアヌスは嘗《かつ》て、近衛騎士団の団長を務めたり、姫《ひめ》将軍とも呼ばれたりした事も有る女傑《じょけつ》だ。

少なくとも、ローゼリア王国の国民達の間ではそう言う事になっている。

だが、戦場に出て直接指揮を執《と》った経験は一度としてない。

貴族達の専横に対して、先王であるファルスト二世が王家の権威《けんい》を取り戻《もど》そうと足掻《あが》いた結果でしかないのだから。

言うなればお飾《かざ》りの将軍。

実権など何もない張りぼてと言って良いだろう。

だからこそ、今は亡《な》きアーレベルク将軍はルピスを騎士派と呼ばれる派閥《はばつ》を形成する上での神輿《みこし》として利用したのだから。

少なくとも、ミスト王国の将軍であるエクレシア・マリネールや、オルトメア帝国《ていこく》のシャルディナ・アイゼンハイトなどの歴戦の将と、同列に語れないのは確かだ。

だがその一方で、ルピス女王が軍事に対しズブの素人《しろうと》ではない事もまた事実だった。

王族と言う地位の下、最高の環境《かんきょう》で軍事的な教育を施されてきたのだから。

たとえそれが、机上《きじょう》の空論であったり、教科書通りの智識《ちしき》でしかなかったりしたとしても、一定以上の能力は持っている。

そんなルピス女王から見て、今の状況は異常だった。

少なくとも、ルピス女王の持つ常識からはかけ離れている。

「あの男がこのまま黙って何も仕掛《しか》けてこないなんて事は有り得ない……」

自分の誇りを傷付けた憎《にく》い男だ。

そして同時に、恐《おそ》ろしい相手でもある。

それを理解しているからこそ、ルピス女王は御子柴亮真という男を侮《あなど》る事は無い。

行軍中は、四方に偵察部隊を放っているのも、万が一の奇襲《きしゅう》を警戒《けいかい》しての事。

少しの変化や異変も見逃《みのが》さないと言わんばかりの警戒網《けいかいもう》。

しかし、敵の動き自体が何も無ければ、そんな警戒網もただただ虚《むな》しいだけの徒労に過ぎないのだ。

そして、そんな状況下でルピス女王は何時もの悪癖《あくへき》を出してしまう。

「メルティナ、このまま前に進むのは悪手ではないかしら……一度ここに駐留して、様子を見た方が良くはない？」

とは言え、敵軍の動きが分からないという現状において、それは悪くない提案だ。

どうやら、ルピス女王の悪癖も偶《たま》には役に立つ事があるらしい。

確かに、優柔不断なルピス女王らしい消極的な提案ではあるだろう。

だが、猪突猛進《ちょとつもうしん》して敵の罠《わな》に掛かるよりははるかにマシだ。

しかし、傍《かたわ》らに侍《はべ》るメルティナは静かに首を横に振った。

「確かに陛下の言う様に、あの男が何か奇策《きさく》を考えている可能性はあります。ですが、我々の軍勢に怯《おび》え、籠城《ろうじょう》戦を選んだ可能性も捨てきれません……どちらにせよ此処は、現状維持のまま進むべきかと」

「このままイピロスまで？」

「はい、正攻法《せいこうほう》に徹《てつ》するべきかと」

その言葉に、ルピス女王は再び考え込んだ。

そんなルピス女王に対してメルティナは穏《おだ》やかな口調で言葉を続ける。

「陛下……不安に思われるのは理解出来ます。実際、私もあの男がこのままイピロスに立て籠《こ》もるなどとは考えていません。しかしそれは当初から想定していた事。だからこそ二十万もの大軍を集めたのです。此処はこのまま粛々《しゅくしゅく》と前に進み、敵を圧迫《あっぱく》するという当初の方針を守る方が宜《よろ》しいでしょう」

その言葉にルピス女王は不満そうに頷くと、再び地図に視線を落とす。

恐らく、メルティナの言葉に一定の理解を示しつつも、心の底から納得はしていないと言ったところだろうか。

そして、そんなルピス女王に対して、傍らに控《ひか》えているメルティナは、ただジッと黙っていた。

こういう状態のルピス女王には、何を言っても逆効果にしかならない事を長年の経験則から理解していたからだ。

（心に抱《かか》えている不安を一度全《すべ》て表に吐《は》き出した方が良いでしょうね）

幸いな事に、此処にはルピス女王の他《ほか》には自分しかいないのだ。

軍議の場で、不安を爆発《ばくはつ》させてしまうよりずっと良い。

（それに、この方が不安に感じるのも理解出来る……）

実際、メルティナ自身も御子柴亮真の動向が分からない今の状態は不安で仕方がないのだ。

だが、同じ不安を感じていても、メルティナとルピス女王とでは決定的に違《ちが》う点がある。

それは、その不安に対して我慢《がまん》出来るかどうかの差だ。

（陛下は、不安や目の前の危険に対して我慢するという事が出来ない……勿論、なんでも我慢すればよい訳ではないけれど、陛下は常にその不安に苛《さいな》まれ方針を簡単に変えてしまう……）

以前はそう言ったルピス女王の性格を何とも思わなかった。

朝令暮改的な意思決定も含めて、主君の命令に従うのが家臣であり騎士の務めだと考えていたからだ。

そしてそれは、この場に居ない相方であるミハイル・バナーシュも同じだ。

二人にとって大切なのは、物事に対して妥当《だとう》な対応をするのではなく、あくまでもルピス・ローゼリアヌスの希望を叶《かな》える事だったのだから。

また、当時のメルティナはあくまでもルピス女王の側近でしかなく、実務を行っていたわけではないというのも、問題に気が付く事が出来なかった原因の一つだろう。

メルティナの仕事は、ルピスの命令を担当者に伝える事。

いわばメッセンジャーでしかなかったのだ。

しかし、それで良かったのはルピスがまだ王女として、国政に関《かか》わっていない時期だけの話。

決断しきれない君主を支えながら行う国家運営程、辛《つら》く苦しいものはない。

ましてや、それでもこのローゼリア王国と言う祖国を安定させようとすれば、その努力は並々ならない物を求められる。

その事をメルティナは嫌というほど痛感していた。

それでも、メルティナはルピス女王を見放そうとは思わない。

(欠点は私達が補えばいいだけ……)

その思いが、今回の北部征伐にも表れている。

自分達の欲望のまま、好き勝手な要望ばかり上げる貴族達を、時に宥め、時に脅《おど》しながらなんとかここまで軍の指揮系統を維持してきたのも、全てはその思いがあればこそなのだから。

(ただ問題は、このままイピロス迄《まで》何事もなく進めるのかどうか……)

現状、メルティナ達が把握《はあく》している城塞都市イピロスに関しての情報は極《きわ》めて限られている。

何しろ、密偵や偵察部隊からの報告では、人の往来が殆《ほとん》どないらしいのだ。

城門は堅く閉ざされ、開くのは物資の搬入《はんにゅう》時のみ。

その上、警備がかなり厳重で、凄腕《すごうで》である筈《はず》の密偵達《みっていたち》も、潜《もぐ》り込んでの情報収集は断念せざるを得なかった程の警戒ぶりなのだ。

当然、イピロスにどれ程の兵力が駐留しているかは不明な状態。

敵が野戦を選ぶのか、籠城戦を選ぶのかを予想する手掛《てが》かりすらない有様だ。

唯一《ゆいいつ》確実と言えるのは、イピロスの城壁《じょうへき》の上に、御子柴男爵家の紋章《もんしょう》である、剣《けん》に巻き付いた金と銀の鱗《うろこ》を持つ双頭《そうとう》の蛇《へび》の意匠《いしょう》を施された旗が翻っている事だけと言える。

それはつまり、何も分からないという事。

そして、分からないという事実は時に、人の心を狂わせるのだ。

(だからこそ……ここは、当初の方針を変えるべきではない筈……少なくとも、明確な変化が現れるまでは……)

それは例えるならば、水を張った桶《おけ》の中に顔を突っ込んでいる様な息苦しさ。

そして、その苦しさから逃《のが》れるには、当初の方針を捨てるしかない。

それはつまりは、二十万と言う数の圧力を前面に出しつつ、御子柴男爵家を追い詰めていくという当初の方針を破棄《はき》する事を意味していた。

(勿論、それも一つの手ではある……だが、此処で苦しさに負けて顔を上げてしまえば、我々

から指揮権を奪《うば》おうと、難癖《なんくせ》をつけてくる人間が必ず出てくる）

二十万と言う北部征伐軍は確かに強大な武力集団だが、その意思の決定には細心の注意が必要となる。

何しろ、この軍を構成している一つ一つは、あくまでも独立した貴族達の軍なのだ。

そして彼等は基本的に、自らの権益に対して非常に貪欲《どんよく》である一方で、国王に仕えるという意識が非常に薄《うす》い。

有利な状況《じょうきょう》であれば、彼等も素直《すなお》に従うだろうが、一度形勢が不利だと見極《みきわ》めれば、蜘蛛《くも》の子を散らすが如く逃散《ちょうさん》するだろう。

もしルピス女王が指揮系統を維持出来なくなれば、北部征伐軍は簡単に空中分解を起こす事がメルティナには手に取るように理解出来ていた。

そしてそれを防ぐ為には、ルピス女王を始めとして北部征伐軍の首脳陣が確固たる意志を持つ必要があるという事も。

だが、突然《とつぜん》天幕の外が騒《さわ》がしくなり、メルティナの思考はそこで中断された。

（敵襲《てきしゅう》?!）

真っ先にその言葉がメルティナの脳裏に浮かぶ。

外の様子に気が付いたのだろう。

黙って地図をジッと凝視《ぎょうし》していたルピス女王も、不審《ふしん》と不安の入り交じった様な表情を浮かべながら顔を上げる。

そんな中、ミハイル・バナーシュが勢い込んで天幕の中へと駆け込んできた。

入室の許可を受ける事すらも忘れて飛び込んできたところから察するに、余程《よほど》の緊急時《きんきゅう》なのだろう。

その事を察したのか、ルピス女王の顔に暗い影《かげ》が浮かんだ。

張り詰める空気。

そんな中、息も絶え絶えのミハイルにメルティナは叫《さけ》ぶ。

「ミハイル殿《どの》！　何事ですか！」

「今偵察部隊から報告があった。イピロスよりこちらに向かってくる一団がいる！　その数は五万を超《こ》えるとの事だ」

「五万を超える一団？　敵襲ですか！」

もしそれが御子柴男爵家の軍勢ならば、早急《さっきゅう》に迎撃《げいげき》の準備を整えなければならない。

(まさか！　御子柴男爵軍がどれほど多くとも、総兵力は二万から二万五千と見込んでいたのに……その二倍以上の兵力を持っているというの？　馬鹿《ばか》な……そんな兵力など集められる筈がない……)

メルティナは予想外の数に思わずたじろいだ。

兵法《へいほう》の基本に則《のっと》って考えれば、己の勢力圏外《けんがい》に討って出る場合の兵力は、保有する全兵力の三分の二くらいが普通《ふつう》とされている。

勿論、ここは御子柴男爵家の勢力範囲内《はんいない》ではあるが、だからと言って北部征伐軍が迫《せま》っているこの状況下で、重要拠点《きょてん》である城塞都市イピロスを空にするとは考えにくい。

基本的に本拠地《ほんきょち》の兵士を空にして外に討って出る将軍など存在しないのだから。

そう考えた時、五万を超える軍勢が行軍しているという事は、御子柴男爵家の総兵力は少なくとも七万五千から八万を超えてくる計算となる。

それはつまり、親衛騎士団や近衛騎士団を始めとした十の騎士団を保有するルピス女王よりも多くの兵数を保有している事になるのだ。

それも、御子柴男爵家の軍がだ。

メルティナは自らの顔から血の気が引いていくのを感じた。

(不味い、不味い、不味い……)

勿論、表面的な兵数で言えば、未《いま》だに北部征伐軍の方が優勢だ。

しかし、北部征伐軍を構成しているのが貴族達であるという点を考えれば、彼等の戦力を額面通りに計算してよいかは正直微妙なところ。

ましてや、敵はどんな奇策を用いて来るか分からない謀略《ぼうりゃく》に長《た》けた男。

一瞬、メルティナの脳裏に撤退《てったい》の二文字が過る。

だが、そんなメルティナの問いにミハイルは首を横に振った。

「いや、斥候《せっこう》の話ではどうやら違うらしい……少なくとも敵では無い様だ」

「と言うと？」

この状況下でイピロス方面からやってくる集団など、御子柴男爵家の軍勢以外に思い当たる存在はない。

だからこそメルティナは焦《あせ》りを感じたのだ。

だが、ミハイルの言葉を聞き多少は落ち着きを取り戻していく。

しかし、そうなると疑問になるのは、その一団の正体だ。

（まさか、北部十家の生き残り？　でも、それにしては数があまりにも多すぎる……）

それに、もし北部十家の生き残りがやって来たのだとすれば、タイミングが悪すぎる。

それこそ、本気で彼等が復讐《ふくしゅう》を望むのであれば、今の段階で此処を目指す必要はないだろう。

少しでも考える知能があれば、イピロス近郊《きんこう》に潜《ひそ》んで、北部征伐軍と呼応する方が遥《はる》かに御子柴男爵家を苦しめる事くらい簡単に考えつくのだから。

しかも、数があまりに多いのも不自然と言えるだろう。

だが、次にミハイルの口から放たれた言葉が、そんなメルティナ達の疑問を解消した。

「彼等はイピロス周辺に暮らしていた民達だ。そして、御子柴男爵家の支配を拒《こば》んだ彼等は、国王であるルピス・ローゼリアヌス陛下の庇護《ひご》を求めている」

メルティナは最初、その言葉の意味を理解出来なかった。

やがて、少しずつ時間が経《た》つにつれ、メルティナの脳がミハイルの言葉を理解し始める。

だがそれは、メルティナに更《さら》なる疑問と混乱を齎す事となった。


その夜、ルピス女王の天幕には今後の対応策を協議する為、北部征伐軍を指揮する首脳陣が

集まっていた。

とは言え、国王であるルピス女王を始め、総指揮官であるエレナ・シュタイナーにメルティナとミハイルを入れた四人だけであり、此処に貴族達の姿はない。

ミハイルの報告の後、直ぐに開かれた軍議の中でイピロスからやって来た難民達の受け入れは決定事項《じこう》となっているからだ。

しかし、問題の全《すべ》てが昼間の軍議で解決した訳ではない。

最大の問題が残っている。

それは、難民という重荷を受け入れた北部征伐軍が、今後どの様に動くべきなのかと言う問題だ。

勿論、それが北部征伐軍の全体方針に関わる重要事項である事は誰もが理解していた。

本来であれば貴族達も参加した形で話し合いをするのが望ましいだろう。

だが、この場に貴族達を参加させても、軍議が紛糾《ふんきゅう》する事が目に見えている。

何しろ、難民達の存在を足手まといだと言って、受け入れを拒否《きょひ》するべきだと主張した貴族も居たくらいなのだ。

彼等にしてみれば、多少計算外のイレギュラーが発生したところで関係がないのだ。

彼等の頭の中にあるのは復讐心《ふくしゅうしん》と欲望だけなのだから。

そんな貴族達に、今後の方針など相談したところで、碌《ろく》な案など出て来る筈もない。

だからメルティナとミハイルは貴族達に対して、一旦国王と総指揮官との間で対応を協議するという形にしたのだ。

しかし、この場に居る誰もが、それがタダの時間稼《かせ》ぎでしかない事を理解している。

(まぁ、受け入れは致し方ないと言えばその通りだ……ルピス女王も、自らの庇護を求める民の声を無視する事は出来なかったしな……だが、戦術面や戦略面から考えれば明らかに悪手でもある……何とも困った事になったな)

ミハイル・バナーシュは小さくため息をつくと、周囲の様子を確かめる様に視線を走らせる。

もっとも、この場で明るい表情の人間は誰《だれ》もいない。

誰もが、この状況に対して危機感を持っている証だろう。

(まぁ、それも当然か……到底《とうてい》楽観視など出来る筈もない……)

今回イピロスからやって来た難民の数が五万程と言うのは、難民達の代表と言う老人から聞いた限り確かな話の様だ。

確かに、一人一人の点呼を取った訳ではないので正確な人数は不明だが、緊急で配給した食料の消費から考えても、凡《およ》そ間違《まちが》いのない数字と言えるだろう。

勿論、大変な数だ。

何しろ、公称《こうしょう》二十万である北部征伐《せいばつ》軍の四分の一に匹敵《ひってき》する数なのだから。

(とは言え、難民が今回やって来た五万人だけであれば、何とか出来なくはない……ただ、問題は……そうとは限らないという点だ)

難民を受け入れる場合において問題となるのは、着の身着のままでやって来た彼等に与《あた》える食料や衣服だろう。

（御子柴亮真は彼等をイピロスから放逐《ほうちく》する際に、数日分の食料と共に退去の代償《だいしょう》として一家族に就き金貨を一枚与えたらしいが……）

確かに、それ自体は悪くはない対応だ。

金貨一枚が日本円に無理やり換算《かんさん》すると百万円程。

銅貨に換算すれば、およそ一万枚と言ったところだろうか。

そして、銅貨一枚がおよそ百円として、五枚もあればオルトメア帝国の首都の食堂でランチメニューのフライ定食を腹いっぱい食べる事が出来る。

それは、一食分の食費で見た時には庶民《しょみん》にとってはかなり贅沢《ぜいたく》なランチと言えるだろう。

なにしろ、この大地世界に生きる大半の平民にすれば、銅貨一枚で一日の食費を賄《まかな》う事などざらにあるのだから。

つまり、仮に一家族辺り五人～六人程だと仮定しても、金貨が一枚あれば数ヶ月は十分に生きていく事が出来る計算だ。

御子柴男爵家の支配を拒否した領民に対しては、十分な温情と言えるだろう。

ローゼリア王国に巣くう多くの貴族達に比べれば、少なくとも表面上はかなりの優遇策《ゆうぐうさく》だと言える。

（だが、そこに悪意がある……）

勿論、平時であれば何も問題は無い。

金があれば、彼等は食料でも衣服でも買う事が出来る。

だが、この北部一帯は今、戦場となっているのだ。

幾《いく》ら利に敏《さと》い商人達とは言え、この状況下で商売に勤《いそ》しもうという人間は居ないだろう。

もし居るとすれば、軍を相手にする様な政商くらいなものだろうか。

街の露天商《ろてんしょう》や小売業などは軒並《のきな》み店を閉めている筈だ。

いや、仮に商売熱心な商人が店を開けていたとしても、今度は品物が入らない。

何しろ、難民の代表が語ったところに因れば、北部一帯の街や村々からも、人が退去させられているのだ。

つまり、食料生産の基盤《きばん》である農村部はほぼ壊滅《かいめつ》状態であるという事になる。

この状態では、北部一帯で食料を金銭で購《あがな》う事はほとんど不可能だろう。

(そうなった時、彼等は最も近い我々に助けを求めてくる)

それは極めて当然の選択。

何しろ彼等にしてみれば、故郷を追われたのは御子柴男爵家の支配を受け入れないという選択をしたが故《ゆえ》なのだから。

しかし、それこそが御子柴亮真の策謀《さくぼう》。

(確かに、ザルツベルグ伯爵《はくしゃく》との戦の際にも似たような策を取ったという話は聞いていたし、その対策として、かなり余裕を持った物資の調達を行ってはいた……だから、この五万の難民だけであれば対応は出来る……だが……)

問題は、難民が五万だけではないという事。

勿論、ローゼリア王国北部における人口をミハイルは正確に把握している訳ではない。

いや、人口の統計情報などこの大地世界《アース》でとっている国はないのだから、正確な数字が不明なのは致し方ない話だ。

しかし、城塞都市イピロスとその周辺に暮らす民の数だけで数十万を超える筈だろう。

そして、その多くが、国王であるルピス女王の庇護を求めてやってくる筈だ。

（北部全域で百万の民が居ると仮定して……仮にその半分が御子柴亮真の支配を受け入れずに退去を命じられたとすれば……）

凡そ、五十万もの難民が発生する事になるだろう。

その結果起こる混乱は、想像を絶する事になる。

そこまで思考が進んだ時、ミハイルの背中に冷たいものが走る。

（馬鹿な……第一何故そんな事をする？　それでは折角占領《せっかくせんりょう》した北部一帯が荒《あ》れ果て、税が取れなくなってしまうだろうに……まさか、この国をめちゃくちゃにする事が目的なのではあるまいな？）

そんな思いが一瞬、ミハイルの脳裏を過る。

だが、ミハイルは直ぐにそんな考えを自ら否定した。

（確かに、御子柴亮真と言う男がルピス女王に対して強い恨《うら》みを抱《いだ》いている事を否定は出来ない）

何しろ、今迄の経緯《けいい》が経緯だ。

(勿論《もちろん》、何処の馬の骨とも知れない平民に対して男爵位を与えた事だけを考えれば、厚遇と言えなくもないのかもしれないが……先の内乱を勝ち抜《ぬ》いた恩賞としてルピス女王が与えられたのは、魔境《まきょう》そして忌避《きひ》されるウォルテニア半島。到底あの男が挙げた功績に釣《つ》り合う様な領地ではない)

何しろ、当時のウォルテニア半島は領民もいない見捨てられた土地だ。

そんな土地を与えられて喜ぶ人間など居る筈もないのだ。

(そして、その後起きたオルトメア帝国のザルーダ侵攻《しんこう》に対しての援軍《えんぐん》派兵が、両者の関係を修復不可能なまでに悪化させた)

確かに、御子柴男爵家を使う様にルピス女王に進言したのはミハイル本人ではある。

また、その進言に御子柴亮真という男に対しての悪意が含まれていた事も否定は出来ないだろう。

とは言え、内乱終結後の後始末で様々な問題を抱えていたあの状況下で動かせる駒は限られていたのは確かだ。

だからこそ、ルピス女王は不承不承ではあったとしても、ミハイルの進言を受け入れ、御子柴亮真にザルーダ王国の援軍を命じたのだから。

それはある意味、ミスト王国やザルーダ王国からの要請《ようせい》に対して、形だけでも答えようというそんな発想からの命令。

言うなれば一種の捨て石だ。

何しろ、当時の御子柴男爵家は、ウォルテニア半島を領有してそれほど経っていなかった時期だ。

御子柴男爵家がザルーダ王国へ援軍として派遣出来る兵士の数などたかが知れていたのだから。

(だが、あの男はそんな我々の無理難題に対して完璧《かんぺき》な回答をしてみせた……そして、その事が更に陛下にあの男への恐怖《きょうふ》を増長させてしまった……)

ルピス女王自身もまた、御子柴亮真に対して不義理な事をしているという自覚があるのだろう。

そして、自覚があるが故に復讐される事を恐れて排除《はいじょ》しようとしてしまう。

臣下に恐怖を感じ排斥しようという主君と、そんな主君の態度に不満を抱き、自らの活路を見出《みいだ》そうとする臣下。

(両者が矛《ほこ》を交えるのは当然の帰結と言えるだろう)

ただ、そう言った事情を加味した上でも、報復だけを目的に、これほど広範囲《こうはんい》に影響《えいきょう》を及《およ》ぼす様な策謀を巡《めぐ》らすとは考えにくいというのが、ミハイルの正直な感想だ。

ミハイルの知る御子柴亮真という男は、極めて理知的で合理的な人間。

単なる復讐心からの行動とは思えない。

だがそうなると、一連の意図が読めなくなるのだ。

考えれば考える程、ミハイルには御子柴亮真の狙《ねら》いが分からなかった。

しかしそれは、少なくとも今考える事ではないだろう。

御子柴亮真の狙いが何であれ、ミハイル達《たち》はそれに対処するより他に道はないのだから。

そして、ミハイル自身もその事は理解している。

（いかんな……何はともあれ今は今後の方針を決めなければ……）

とは言え、ミハイルは既《すで》に結論を出していた。

後は、エレナ達の意見次第と言ったところだろう。

そんな事を考えていると、腕《うで》を組みながらジッと考え込んでいたエレナがようやくその口を開いた。

「とにかく、今打てる手は一刻も早く食料物資の補給網《もう》を再構築するより他に無いでしょうね。兵糧《ひょうろう》が枯渇《こかつ》すれば戦どころではなくなってしまうもの……」

それは苦悶《くもん》に満ちた声だ。

実際、エレナ自身が自らの提案を最善だとは考えていないのだろう。

しかし、そんなエレナの言葉にメルティナが素早《すばや》く賛同した。

「はい、難民を受け入れないという選択肢《せんたくし》が取れない以上、私もエレナ様の言う通り、早急な補給網の構築を行うより他に無いと思います。ただ、しばらくの間は兵士達に供給する食料を切り詰める必要が出てくると思いますが……」

それはミハイルとしても同じ方針。

どうやら、ルピス女王を除く三人が、同じ事を考えていたらしい。

（まぁ、他に選択肢は無いだろうからな……）

自らに注がれる周囲の視線を意識しつつ、ミハイルもまた小さく頷《うなず》いてみせる。

（幸いな事にローゼリア王国最大の穀倉地帯である南部は戦場から遠く離《はな》れている。今回の北部征伐において影響を受けることはまずないだろう……だから、あそこを中心に王国全土から物資をかき集めれば、仮に難民が百万近くになったとしても一〜二年は彼等《かれら》の生活を支える事が出来る筈だ。その間にあの男を始末し、北部一帯を取り戻せば、かなり影響を抑《おさ》える事が出来るだろう……色々と問題もあるが、現状で考えうる最良の策だ……）

確かに、問題が多い対策ではあるだろう。

特に、王国の財政と言う観点で言えば大きな痛手なのは間違いない。

しかし、此処で彼等を切り捨てれば、国内の情勢が一気に悪化するのは目に見えている。

（ただでさえ数年の間、ローゼリア王国内は不安定なのだ……）

つい数ヶ月前にも、徴税《ちょうぜい》を巡って代官と村人達の間で諍《いさか》いが起き、大規模な反乱が起こったばかりだ。

幸いにも、早急に近衛騎士団を派遣した結果、反乱の鎮圧《ちんあつ》が成功したのと、ルピス女王から税の減免《げんめん》が布告された結果、とりあえずローゼリア王国内は一定の平穏《へいおん》を保ってはいる。

だが、未だに貴族や王国に対しての不満が燻《くすぶ》っている状況に変わりはない。

そんな状況下で、貴族達の進言に従って難民達を切り捨てる様な方針を打ち出せば、今度は本当に取り返しのつかない事態にもなりかねない。

そう言った事まで考えれば、此処は難民達を受け入れ、国王の名の下に手厚い保護を与えるより他にないのだ。

しかし、それをする為《ため》には、ある事を早急に決めなければならないのだ。

「ただ、それを行う為には、どうしても誰かが王都に戻って指揮を執るしかない……問題は、誰が王都に戻るかですが……」

ミハイルの言葉に、エレナ達は互《たが》いに顔を見合わせる。

とは言え、それもまた既に結論は出ているのだ。

(まぁ……俺《おれ》が王都に戻るより他に仕方がないだろうな……)

ただでさえ御子柴亮真への復讐心に猛《たけ》り狂《くる》っている貴族達には、こんな裏方の仕事は任せられない。

勿論、ルピス女王が王命として命じれば、貴族達は渋々《しぶしぶ》でも王都に戻るだろう。

だが、形だけの対応でお茶を濁《にご》す様な、おざなりな対応をとりかねない。

場合によっては、これ幸いと物資の横流しを計画するだろう。

それと同じ理由で、王宮に残っている官僚達《かんりょうたち》に命じるのも危険だった。

勿論、実務に関しては彼等の力を借りなければならないだろうが、監視《かんし》する監督者《かんとくしゃ》を置かなければ良からぬ事を企《たくら》みかねないのだ。

とは言え、北部征伐軍の総大将であるルピス女王が王都に帰還《きかん》するというのは不可能だ。

第一、ルピス女王が王都へ戻ったところで、貴族や官僚達の行動を監視しつつ、新たな補給網の構築を進める事など不可能だろう。

だが、そうなると候補者はエレナとメルティナ、そしてミハイルの三人に絞《しぼ》られるという事になる。

(とは言え、北部征伐軍の総指揮官であるエレナ殿をこの状況で王都に戻すというのは、誰が考えてもあまりに影響が大きい……それに、この方は……)

ルピス女王はエレナを本当の意味で信頼《しんらい》はしていない。

そしてそれは、ミハイルやメルティナにとっても同じだ。

それは、エレナが御子柴亮真の側に付こうとしたからだ。

須藤《すどう》の工作により、エレナはルピス側に留まりはしたが、だからと言って信頼出来るかと言われれば難しいとしか言えないだろう。

(そう言う意味からすれば、エレナ殿に北部征伐軍の総指揮官など任せるべきではないのだろうが……)

本来、裏切る可能性のある人間に軍の指揮を執らせるなど狂気《きょうき》の沙汰《さた》だ。

しかし、それを理解していても尚《なお》、エレナに総指揮官としての地位を与えたのは、周囲に対して与える影響力《えいきょうりょく》を考えての事。

(悔《くや》しいが、【ローゼリアの白き軍神】と言う異名は、ローゼリア王国のみならず、周辺諸国にまで無視出来ないネームバリューを持っている)

貴族達の多くがルピス女王の指揮に従っている理由の何割かは、エレナの影響力があると見ていいだろう。

となれば、此処はどうしてもルピス女王の信頼が篤《あつ》い、メルティナかミハイルが王都へ戻るしかない事になる。

（だが……メルティナを後方に下げれば陛下が不安定になるのは目に見えている……）

勿論、ミハイルとてルピス女王から絶大な信頼を得ているのは間違いない。

だが、この戦場で同性の側近が居るのと居ないのとでは、ルピス女王の心理状態に大きな影響を及ぼす筈だ。

（それに、こういった仕事にメルティナはあまり向かない上、あの男との相性《あいしょう》が悪すぎる……俺も決して良いとは言えないが、それでもメルティナよりはまだマシの筈だ……）

ミハイルの脳裏《のうり》に、人を小馬鹿《こばか》にする様な笑《え》みを浮《う》かべる中年男の顔が浮かぶ。

（あまり力を借りたい人間ではないが、この際、致し方ない……）

確かに、今は同盟関係のような間柄《あいだがら》ではある。

しかし、だからと言って仲間になった訳ではないし、友人関係になった訳でもないのだ。

いや、どちらかと言えばミハイルは未だに須藤秋武《あきたけ》という男を信じてはいなかった。

だがその一方で、ミハイルは須藤秋武の持つ交渉術《こうしょうじゅつ》や調整能力を認めてもいる。

何しろ、本来なら敵対関係である筈のラディーネ王女の側近と言う立場がありながら、王宮内で確固たる立ち位置を確保し、敵対関係であるはずのミハイル達とも交流を持てる程度には有能な男なのだから。

須藤秋武という男の狙いが何であれ、この緊急時にその卓越《たくえつ》した能力を無視するのは得策とは言えないだろう。

そう言った諸々《もろもろ》を考えると、ミハイルが王都に戻るより他に選択《せんたく》の余地はない。

後は、誰がそれを口にするかという問題だけだ。

だから、誰もが互いの顔を見合わせる中、ミハイルは徐《おもむろ》に口を開いた。

「では、私が王都に戻りましょう」

その言葉に、ルピス女王が安堵《あんど》と罪悪感の入り交じった様な表情を浮かべながら尋《たず》ねる。

「本当に良いのですか？　ミハイル……ここで王都に戻れば貴方《あなた》は……」

それは、ミハイルが今回の戦に並々ならない意欲を持って臨《のぞ》んでいる事を知っているが故の問いかけ。

実際、今回の北部征伐はミハイルにとって特別な意味を持っている。

先の内乱時に功を焦った結果、虜囚《りよしゆう》の憂《う》き目《め》を見る羽目になり、自らの面目《めんぼく》を大きく汚《けが》してしまったミハイルにとっては自らの汚名《おめい》を雪《そそ》ぐ千載一遇《せんざいいちぐう》の好機ではあるのだ。

（だが……それはあくまでも私一人の名誉《めいよ》に過ぎない……）

だからミハイルは、ルピス女王の問いに胸を張って頷いてみせた。

そんなミハイルの態度に、エレナ達も小さく頷く。

彼女達《かのじよたち》もまた、ミハイルを王都に戻すしかないと考えていたのだろう。

そしてそれが決まれば、残る議題は目前に控えた城塞都市イピロス攻城戦《こうじょうせん》についてどうするかという点だけだ。

（もっとも、こちらに関しても結論は既に出ている……か）

御子柴亮真の支配を拒絶《きょぜつ》した難民達がルピス女王の保護を受けた後に求めるものと言えば、故郷への帰還だ。

人は生まれ育った土地に対してとりわけ強い執着《しゅうちゃく》を見せる。

ましてや、彼等から見れば圧倒的《あっとうてき》な兵力を持つ北部征伐軍の勝利は既に厳然たる事実となっている。

そして、そんな彼等の要望をルピス女王は無視する事が出来ない。

いや、仮に無視したところで意味は無いだろう。

何しろ、北部征伐軍を構成する貴族達が、一刻も早く御子柴男爵《だんしゃく》家を潰《つぶ》そうと気炎《きえん》を揚げているのだ。

そこに難民達の願いが加われば、多少強引《ごういん》であったとしても、イピロス攻城戦を行うしかなくなってしまう。

後は、ルピス女王が自らの意志でイピロス攻城戦を行うと決めるか、外部の圧力に屈《くっ》する形で攻城戦を行う事になるかの差だろう。

（それが分かっている以上、多少の危険は覚悟《かくご》の上で予定通りイピロスを攻《せ》めるより他に道はないだろうな）

ミハイルの口から小さなため息が零《こぼ》れる。

本来は圧倒的に有利な北部征伐だった筈だ。

少なくとも、そう言い切れるだけの準備をした上で臨んだ戦だった。

しかし、その前提が早くも崩《くず》れ去ってきている事をミハイルは肌《はだ》で感じ取っていた。

とは言え、此処でそれを言う訳にもいかない事はミハイルにも分かっている。

そんな中、メルティナが最後の議題に関して口を開いた。

「それでは、残るのはイピロス攻めに《ぜ》関してですが……当初の予定通りという事で宜しいでしようか?」

その言葉に、再び誰もが口を閉ざした。

実際、この場に居る誰もがイピロス攻略《こうりゃく》に対して、嫌《いや》なものを感じているのだ。

勿論、何か確固たる理由が有る訳ではない。

正直、勘としか言い様はないだろう。

もしあれば、率先《そっせん》してその理由を口にしている。

それが無いからこそ、この場に居る誰もが押し黙《だま》ったまま沈黙《ちんもく》を守っているのだ。

(当然だな……ここであの男が何の策も巡らせていない筈がない……そんな事はこの場に居る誰もが分かっている……)

問題は、その策が何なのか予想が付かないという点だろう。

何しろ、攻城戦においての策と言うのは、基本的に城を攻める攻め手側に関してのものが多いのだ。

　城壁の下を掘《ほ》り進《すす》め城内に攻め入る土竜《もぐら》攻めを始め、敵将を寝返《ねがえ》らせたり城を包囲した上で飢《う》え殺しを仕掛けたりするなど、城攻めの戦術に関しては古今東西様々なものが存在している。

　また、城を攻める際には破城槌《づち》や攻城櫓《こうじょうやぐら》と言った、攻城兵器も多く用いられてきた。

　それは、武法術と言う超常《ちょうじょう》の力が存在する、この大地世界でも変わりはしない。

　だから当然の事ながら、今回の遠征《えんせい》にもそう言った攻城兵器を準備してきている。

　だが、城に籠《こ》もって防衛する側の戦術と言えば、基本的に味方の援軍を待つというのが基本的な戦術となる。

　勿論、味方の援軍が到着《とうちゃく》するまで一日でも長く籠城《ろうじょう》する為の手段は色々と存在してはいる。

　だが、防衛する側にとって籠城戦とは、攻撃側《こうげきがわ》を打ち破る事ではなく、根負けさせて撤退に持ち込むのが主な目的なのは間違いないと言える。

　そう考えた時、イピロスに籠もる御子柴亮真達が取るべき選択肢は極めて限られてくるだろう。

　そして、御子柴男爵家に援軍を送る様な貴族など、このローゼリア王国には一家として存在などしない。

　強《し》いて挙げるとすれば、ベルグストン伯爵家《はくしゃくけ》やゼレーフ伯爵家など御子柴男爵家に近い貴族達が該当《がいとう》するだろうが、彼等の多くは既に自らの領地を放棄《ほうき》して、家族と共にウォルテニア半島へと逃亡《とうぼう》してしまっている。

(それに、ミストやザルーダ王国には既に使者を送り不干渉の約定を交《か》わしている。……勿論、連中が裏で動いていないとは言い切れないが、少なくとも表立って御子柴亮真へ援軍を送る事は無いだろう……残る可能性はエルネスグーラ王国だが、我《わ》がローゼリア王国とエルネスグーラ王国は国境を接していない。もしあの国が今回の戦に介入《かいにゅう》してくるとすれば海路だけ……しかし、密偵《みってい》の報告ではオルトメア帝国やキルタンティア皇国との国境線がきな臭《くさ》くなっている。そんな状況で、態々《わざわざ》危険な海側から船を使って援軍を派遣《はけん》などという事が有り得るだろうか?)

考えれば考える程《ほど》、御子柴男爵家に援軍などある訳がない事が分かる。

(しかし、そうなるとあの男の狙いが分からなくなってくる……)

少なくとも、ミハイル・バナーシュという男には、その問いに対する答えを導き出す事は出来なかった。

それはまさに答えのない思考の迷路《めいろ》。

その結果、この夜行われた城塞《じょうさい》都市イピロス攻城戦についての話し合いは、深夜にまで及ぶ事になる。

しかし数日後、その話し合いが全て無駄《むだ》になった事を四人はその身をもって知る事になるのだった。

ルピス女王が難民達を受け入れる事を決めてから数日が経った。

北部征伐軍は今、城塞都市イピロスから二キロほどのところにまで兵を進めている。

此処は、イピロス郊外《こうがい》に広がる平野にポツンと点在する小高い丘《おか》の上。

目の前に広がる城塞都市イピロスの威容《いよう》を目にしながら、エレナは馬上で一人静かに思案を巡らせていた。

（あの子の事だから、難民達の受け入れで混乱している時を狙って奇襲《きしゅう》でも仕掛《しか》けてくるかと思ったけれど……何もなかったわね）

それは、自らの予想が外れた事に因《よ》る安堵か、それとも御子柴亮真と言う男の行動を読み切れなかったと言う不安からなのだろうか。

ただどちらにせよ、北部征伐軍が最初の重要拠点に迫ったという事だけは明確な事実だ。

（確かに、難民の受け入れはメルティナ達が奔走《ほんそう》した結果、比較的《ひかくてき》短時間に終わったけれど……順調だからこそ不安になるわ……）

受け入れを決定した直後は貴族達の反対などもあり多少の混乱が発生したのは事実だ。

また、難民に食料を配給する為とはいえ、兵糧の配布を切り詰《つ》めた結果、兵士達には大きな不満を抱かせてもいる。

それも当然だろう。

何しろ戦場で命を懸《か》けて戦うのは兵士達なのだ。

そんな彼等に配給する食料を一時的とはいえ切り詰めるとなれば、不平不満が出て当然と言える。

そして、それこそが御子柴亮真の狙いであると、エレナ達は考えていた。

（その結果、こちらの足止めを狙う……戦術的には理に適《かな》っているわ……奇襲の好機を作るという意味でも、仕掛けない理由はない……）

戦力比から考えて、御子柴男爵軍が北部征伐軍に対して、正面から決戦を挑《いど》んでくる可能性はまずないと言い切っていいだろう。

（もし向こうから野戦を挑んでくる場合、考えられる可能性は二つ。一つは他に選択肢がない起死回生の博打《ばくち》に打って出る時……そして、もう一つは必勝の確信をあの子が持った時だけ）

そう言う意味では、難民の受け入れはかなり危険な選択だった事が良く分かる。

ほんの少しでも指揮に揺《ゆ》らぎが生じれば、その隙《すき》を突《つ》いてくるのは目に見えているのだから。

だが、そう言った諸々の問題に対してメルティナは一つ一つ真摯《しんし》に対応した。

難民達が同じローゼリア王国の民であり、御子柴男爵家の支配を拒否した愛国者なのだと、兵士達に説明したのだ。

また、後方に難民達を保護する為の居留地を作るというミハイルの判断も良かった。

非戦闘《せんとう》員である難民達を戦場に連れて行くリスクを嫌《きら》った為だが、結果的に雨露《うろ》を凌《しの》ぐ場所を与えられた難民達の心理状況が改善したのは大きな成果と言えるだろう。

（下手をすれば、難民の受け入れには十日から半月ほどかかったとしても、何の不思議もなかったのよ）

それをわずか数日の遅延《ちえん》で抑えたというだけで、十分な成果と言える。

そして、御子柴亮真からすれば、これほど短時間で事態が収束するなど予想も出来なかったに違《ちが》いない。

（勿論……あの二人が成長している事は知っていたけれどもね……）

御子柴亮真という男に触発《しょくはつ》された結果、自らの不明を恥《は》じたメルティナとミハイルは、凝《こ》り固《かた》まった騎士《きし》としての固定概念《がいねん》を捨て、様々な観点から物事を見るようになった。

その結果、今ではルピス女王の側近として、十分な働きをするようになっている。

だがそれはあくまでも、彼等と直接的に関わり合いを持ってきたエレナであるからこそ抱ける感想といえるだろう。

いや、エレナ自身もメルティナやミハイルがそこまで動ける人材に育っているとは思いもつかなかったのだ。

二人の成長をその目で見て来た訳ではない御子柴亮真にしてみれば、今回の結果を事前に予想する事は難しいだろう。

（でも、本当に奇襲の機を逸《いっ》しただけなのかしら？）

難民という弱者を、敵を追い詰める為の刃《やいば》として用いた今回の策は、ルピス女王の性格や風評を考慮するとかなり効果的な策だと言えるだろう。

しかし、御子柴亮真にとってもリスクが無い訳ではない。

如何に御子柴男爵家の支配を嫌った領民とは言え、彼等《かれら》を放逐《ほうちく》すれば税収に大きな打撃を受ける事は間違いないのだから。

つまり、御子柴男爵家もそれなりの代償を支払う事になる。

そして、そのリスクを御子柴亮真が理解していなかったとは考えにくい。

そう考えると、エレナには御子柴亮真が仕掛けてきた今回の策謀が、この程度で終わるとは到底思えないのだ。

(つまり、あの子の狙いは、まだ他にあるのでは?)

その疑問が、エレナの脳裏に浮かんでは消えていく。

とは言え、それはこの場で考えても答えの出ない問いだ。

そして、そんな思考の迷宮攻略《めいきゅうこうりゃく》を楽しむ時間は、エレナには残されていないらしい。

(あれは……イピロスの状況を確認《かくにん》に向かった偵察《ていさつ》部隊ね……あの様子からして、かなり慌《あわ》てているようだけれど……)

北東から土煙《つちけむり》を上げてやってくる一団に気が付き、エレナは目を細める。

そして、それはまさにこの戦況《せんきょう》を大きく揺り動かす、大きな分岐点《ぶんきてん》となる契機《けいき》の訪《おとず》れをエレナに予感させるのだった。

第三章　空城の計

先ほど帰還した偵察部隊の報告を聞く為、急遽開催《きゅうきょかいさい》される事になった軍議の場。

北部征伐軍における首脳陣《しゅのうじん》が集められたその天幕の中に、ルピス女王の甲高《かんだか》い声が響《ひび》いた。

「イピロスに御子柴《みこしば》男爵家の兵が居ない！　まさか……それは本当なの？」

その言葉に含《ふく》まれているのは、報告された内容に対しての驚《おどろ》きと不審。

実際、報告を受けたルピス・ローゼリアヌスは目の前に片膝《かたひざ》を突く偵察部隊の隊長に対して、疑いの眼差《まなざ》しを向けている。

いや、それは周囲で報告を聞いているメルティナや、アイゼンバッハ伯爵と言った貴族達にしても同じだ。

中には、隊長に向かって露骨《ろこつ》な蔑《さげす》みと敵意に満ちた視線を向ける者さえいる。

そんな周囲の反応を横目に、エレナは小さくため息をついた。

（まぁ……彼が嘘《うそ》をついているとは思わないけれど……報告が信じられないのも無理はないでしょう……ね）

何しろ、偵察部隊が持ち帰った報告によれば、城塞都市イピロスには御子柴男爵家の兵士はおろか、何万と居る筈の住民達すらも影も形もないというのだ。

その報告を鵜呑《うの》みにしろという方が難しいだろう。

（でも、彼がそんな嘘をつく必要はない……）

もし偵察部隊の隊長が御子柴男爵家に内通していて、北部征伐軍を罠《わな》に嵌《は》めようと嘘の報告をしたと仮定した場合、多少でも知恵《ちえ》のある人間ならば、もう少し真実味《しんじつみ》の有る嘘を並べ立てる筈《はず》だ。

（とは言え、彼の報告を信じられるかどうかは別の話だけれどもね……）

隊長にしてみれば実に不条理な話ではあるだろう。

城塞都市イピロスの現状を探《さぐ》れと言う危険な任務を与えられ、いざその任務を果たして帰還したら、今度はその報告を信じて貰《もら》えないのだから。

やってられないと怒《いか》りを抱いて当然と言える。

だが、御子柴男爵家にとって、城塞都市イピロスはローゼリア王国北部一帯の領有に欠かせない重要拠点の筈なのだ。

それを一戦も交える事なく放棄したと言われても、易々《やすやす》と信じられる筈もない。

とは言え、このまま疑ってばかりいても何の進展もないのは明らかだろう。

（ならば、確認の為に再度偵察部隊を送るしかないでしょうね……）

報告が疑わしいのであれば、別の部隊を派遣して再度確認させれば済む話だ。

（それでもし、嘘の報告だったと分かればそれはそれでいい……意図的な嘘ならば軍律に照らし合わせて処刑《しょけい》すれば済むし、仮にそれが御子柴亮真《りょうま》の策略に因る誤認《ごにん》だったとしても、それ

はそれで致《いた》し方《かた》ないで済むでしょう……ただ問題は、彼の齎《もたら》した報告が正しかった場合どうするか……ね)

普通《ふつう》に考えれば、このままイピロスを占領《せんりょう》するのが正しいだろう。

どんな罠があるにせよ、イピロスが北部征伐における要《かなめ》の一つである事は間違い様がないのだから。

(でも……それが本当に正しい選択なの?)

とは言え、その答えはこの場に居る誰にも出す事は出来ない。

「それでは、もう一度偵察部隊を派遣し、状況《じょうきょう》を確認する事にしましょう……今後の対応に関してはその結果を踏《ふ》まえた上でという事で……」

そんなメルティナの提案に周囲が渋々ではあるが賛同していく。

彼等もまた、このままでは埒《らち》が明かないと見たのだろう。

そんな中で腕を組み沈黙を守りながらエレナはただ一人、御子柴亮真という男の狙いを考え続ける。

それが、今の彼女《かのじょ》に出来るただ一つの道だと信じるが故に。

数時間後、再度派遣された偵察部隊より齎された報告の結果、エレナの予想通り北部征伐軍は翌朝より城塞都市イピロスの占領を進める事を決定する。

そして、それが新たなる惨劇《さんげき》の幕開けになる事を知りながらも、エレナは止める事が出来なかった。

欲望に塗《まみ》れた愚者達《ぐしゃたち》の声に押されて……。

翌日、エレナ達は小高い丘の上に立ちながら、城塞都市イピロスの中に吸い込まれていく北部征伐軍の将兵達を見つめていた。

傍《かたわ》らには、ルピス女王とメルティナの姿もある。

彼女達の顔に浮かぶのは不安と期待。

特にメルティナの緊張《きんちょう》はエレナから見てもかなり酷《ひど》い。

両手は固く握《にぎ》り込まれ、軽く震《ふる》えている。

「警戒《けいかい》し過ぎだったのでしょうか……」

そんな言葉がメルティナの口から零れた。

それに対してエレナが肩《かた》を竦《すく》めて答える。

「さぁ？　今の段階でそれは分からないわね。でも、貴女は最善を尽《つ》くしたと思うわよ？　たとえどんな結果になったとしても……ね」

実際、表面上は何も問題は無い様に見えるのだ。

だが、それを本当に信じて良いかはまた別の話。

ましてや、イピロス占領を最初に提案したのはメルティナだ。

最終的な決定はルピス女王が下したとはいえ、自らの判断に不安を感じるのは当然と言えるだろう。

（自分の判断に自信が持てないか……まぁ、当然でしょうね……まさか、食料や武器と言った物資が大量に保管されていただなんて……あまりに都合が良過ぎるもの）

二度目に派遣した偵察部隊が齎した情報は、エレナ達にとって驚くべきものだった。

当初報告されていた、御子柴男爵家の兵士がイピロスに駐留《ちゅうりゅう》していないどころではない。

商店を始め、民家の多くには食料品を始めとして金目の物がそっくり残されていたのだ。

また、イピロスの各所に設けられた倉庫にも、軍需《ぐんじゅ》物資が山の様に保管されていた。

確かに、北部征伐軍が身近に迫《せま》った状況を考え、早急《さっきゅう》に撤退《てったい》したという可能性はあるだろう。

多少は物資の持ち出しをした形跡《けいせき》があるところから見て、かなり急いで御子柴男爵軍がイピロスから撤退したように見えるのだから。

有り得そうな理由で適度に粉飾《ふんしょく》された状況。

少なくとも、今の状況で罠だと言い切るだけの確証は何処《どこ》にもない。

だが、だからこそ罠だと考え対応策を考えるのが軍を率いる立場の人間であり、その職責と言えるだろう。

それはこの場に居るエレナやメルティナはもとより、補給網構築の為に先日王都へと帰還したミハイルも、この状況を知れば同じ様に判断した筈だ。

しかし、そんな理性的な判断が出来る人間ばかりではないのが現実だ。

そして、欲望にかられた人間は、時に通常では信じられない程、愚《おろ》かな選択をする。

（勿論、彼等の置かれた状況を考えれば、餌《えさ》に飛びつきたくなる気持ちも分からなくはないけれどもね……）

北部征伐には多くの貴族が参加している。

そしてその貴族の多くが子爵《ししやく》や男爵《だんしやく》と言った、所謂《いわゆる》下級貴族と呼ばれる階層に所属している者達だ。

彼等は紛《まぎ》れもない貴族階級であり、少なくとも平民から見れば雲の上に君臨する支配者ではある。

だが、神にも序列が存在するように、貴族にも明確な序列が存在していた。

その最たる例が爵位《しやくい》であり、保有する領地の広さという事になるだろう。

基本的に男爵よりも子爵の方が、子爵よりも伯爵の方が、より広大な領地を保有しているのが一般的《いっぱんてき》だ。

そして、領地の広さは税収に直結する。

その為、下級貴族は決して平民が考えるほど裕福《ゆうふく》ではないのだ。

確かに、ウォルテニア半島を領有する御子柴男爵家などは、広さだけで言えば公爵《こうしやく》家以上の領地を保有しているし、公爵から子爵に爵位を落とされたゲルハルト子爵家も、その爵位に似合わない領土と経済力を保有しているが、それはあくまでも例外的な存在と言っていいだろう。

大半の男爵は幾つかの農村を支配しているのが関の山。

子爵になって、漸《ようや》く農村の他に町と呼ばれる規模を領有出来るかどうかといったところだ。

当然、税収も限られてくる。

そこから、軍備や内政の為の資金を捻出するのだ。

その上、貴族としての体面を保つにも金が掛かるのだから、生活に余裕が無いのは当然と言えるだろう。

そんな彼等下級貴族にとって、戦争とは苦役《くえき》であると同時に、自らの経済的苦境を脱《だっ》する手段でもあった。

（矛盾《むじゅん》した話だけれどもね……）

本来、戦に参加すれば多額の支出が発生する。

領民を徴兵《ちょうへい》すれば、傭兵《ようへい》を雇《やと》ったり、専業兵士を育てたりするよりは安上がりなのは確かだが、兵糧や武具の配給に掛《か》かる費用が無くなる訳でもない。

つまり基本的に戦争とは財貨の消費であり、儲《もう》かる訳では無いという事だ。

だが、それはあくまでも戦争と言う行為《こうい》の基本的な考え方に過ぎない。

例えば、敵国の民を捕虜《ほりょ》とした場合、大抵《たいてい》は奴隷《どれい》として売り払《はら》われる事になる。

これは戦勝者が持つ当然の権利として大地世界《アース》ではごく一般的な事だ。

また、敵国民に対しての略奪《りゃくだつ》なども、良い金になる場合がある。

勿論、占領後の統治と言う観点で考えれば悪手ではあるだろう。

折角《せっかく》戦に勝利しても、占領地《せんりょうち》が荒廃《こうはい》していれば、収入など上がる筈もないのだから。

しかし、それはあくまでも戦に勝利した後、その土地を領地として与《あた》えられる人間が気にすればよい事でもある。

そして、そう言った恩恵《おんけい》に与《あずか》る事の出来るのは、貴族の中でも伯爵以上の上位貴族が大半だった。

(まぁ、保有する兵数が違いすぎるから、余程《よほど》戦の才能に恵《めぐ》まれていない限り、上位貴族を押しのけて武功を挙げるなんて事は不可能でしょうね)

それはまさに、富める者がより豊かになり、貧しき者がより貧しくなるという社会の縮図。

だから極端《きょくたん》な話、多くの下級貴族にとっては国王から与えられるかもしれない不確定な恩賞よりも、目の前にある村や街を略奪するという、手っ取り早く確実に金を稼《かせ》ぐ方法を優先する事を選ぶ訳だ。

そして今回、彼等は自分達の目の前に宝の山が聳《そび》え立っている事を知ってしまった。

そうなればもう、彼等のなけなしの理性など何処かに吹《ふ》き飛んでしまう。

彼等はルピス女王を始めとした首脳陣へ砂糖に群がる蟻《あり》の様に、イピロスへの入城を願い出たのだ。

その結果が、エレナの前に広がる光景。

数にしておよそ三万と言ったところだろうか。

それは北部征伐《せいばつ》軍全体のおよそ十分の一を超《こ》える兵力。

決して少なくない数字だ。

(それでも、略奪した物資を後日平等に分配するという条件で、イピロス入城を希望する貴族家の数を制限出来たのは良かったわ)

十中八九イピロスには罠が仕掛けられている事は分かっているのだが、貴族達がその警告を無視する以上、エレナ達が取るべき戦術は一つしかない。

いわば、危険を知らせる人間版炭鉱のカナリアの様なものだろうか。

そして、危険を感知した炭鉱のカナリアに訪れる結末は一つしかない。

勿論、出来る限りの手は尽くしたのだ。

留守部隊を四つに分け、東西南北に駐留させたのも、万が一の伏兵《ふくへい》を警戒しての事なのだから。

だが、それでもエレナの不安は消えない。

「後は、彼等の無事を祈《いの》るだけ……ね」

それが偽善的《ぎぜんてき》な願いである事はエレナも理解している。

彼等自身の希望とは言え、最終的に死地に追いやる決断を下したのは北部征伐軍の総指揮官であるエレナなのだから。

しかし、彼等の無事を祈るという気持ちもまた、紛れもないエレナの本心なのだ。

如何《いか》に欲深い貴族達とは言え、彼等は今のところ同じ旗の下に集った同志。

そんな彼等の死を積極的に望む訳もないのだから。

しかし、そんなエレナの願いとは裏腹に、死に神の鎌《かま》は北部征伐軍の喉元《のどもと》に迄《まで》差し迫っていた。

城塞都市イピロス。

それは、北部十家の盟主として権勢を誇《ほこ》ったザルツベルグ伯爵家の所領であり、根拠地《こんきよち》となった都市の名だ。

そして、北部の要として古くから繁栄《はんえい》してきた歴史あるローゼリア王国の中でも屈指《くっし》の都市であると同時に、数多くの侵略者《しんりゃくしゃ》の手を払いのけてきた鉄壁《てっぺき》の要害と恐《おそ》れられた都市の名でもある。

しかし、先日行われた御子柴亮真とザルツベルグ伯爵家との戦の結果、鉄壁の要害と呼ばれた歴史に終止符《しゅうしふ》が打たれた。

そして今、そんな城塞都市イピロスは新たな侵略者達《しんりゃくしゃたち》の手によって、略奪の限りを尽くされている。

太陽は既に地平線に沈《しず》みかけ、夕焼けが大地を紅《あか》く染める。

それはまるで、燃え盛る火に世界が包まれたかの様な錯覚《さっかく》を起こさせた。

いや、ある意味それは、錯覚ではないのかもしれない。

何故《なぜ》なら、この都市はまさに欲望と言う名の見えない炎《ほのお》に焼かれて、まさに炎上《えんじょう》しているのだから。

朝から開始された城塞都市イピロスの占拠《せんきょ》も半日以上が過ぎ、ようやく四割ほどの探索《たんさく》を終えたと言ったところだろう。

とは言え、ザルツベルグ伯爵邸《はくしゃくてい》を始めとして、長年このイピロスの経済を支配してきたミストール商会やラフィール商会と言った有力商人の邸宅《ていたく》や店舗《てんぽ》など、主だった建物に関しては既に制圧が済んでいる。

城壁《じょうへき》近くに存在する貧民街など一部確認が残っている地域もあるにはあるが、イピロス内部の安全確認は既に済んだと言って良いだろう。

いや、安全確認も何もないというのが、イピロスに入城した将兵の正直な想《おも》いだ。

確かに、北部征伐軍の総指揮官であるエレナ・シュタイナーから、罠の可能性に言及《げんきゅう》されたため、初めは誰《だれ》もが敵兵の襲撃《しゅうげき》を警戒していた。

だが、半日が過ぎても、敵兵はおろか猫《ねこ》の子一匹《ぴき》出くわさないのだ。

しかも、兵士を隠《かく》しておける様なそれなりの広さを持っている建物に関しては、既に粗方《あらかた》の安全確認が終わっている。

仮に、このイピロスの何処かに御子柴男爵家の兵が隠れていたとしても、多くて数百人規模の部隊が関の山。

分散して兵士が伏《ふ》せられていたとしても、未《いま》だにその痕跡《こんせき》が見つからない事から考えて、多く見積もっても二～三千程の兵数が限界だろう。

勿論《もちろん》、本来であれば仮に敵兵が二千程でも脅威《きょうい》である事に違いはない。

しかし、イピロス内部に駐留している北部征伐軍はおよそ三万。

戦力比で考えれば十対一。

その上、城壁の外には北部征伐軍の本隊が控《ひか》えているのだ。

普通で考えれば、勝敗の行方《ゆくえ》は決まったも同然と言える。

その為、当初は敵の襲撃を警戒していた兵士達も、今ではすっかり自分達の勝利を確信していた。

そして彼等は、本来の役目を放棄して内職に奔走し始める。

いや、末端《まったん》の兵士だけではない。

部隊長クラスを始め、中には貴族本人が目の前に横たわる宝の山を前にして、略奪に勤《いそ》しんでいた。

「ふぉぉぉ。こいつは中々大した細工物だ。少なくとも金貨三枚にはなるな」

無人の民家に押し入って物色していた兵士の一人が、お宝らしき物を引き出しの中から見つけて歓声《かんせい》を上げる。

そんな叫《さけ》びに、周囲からやっかみ半分の罵倒《ばとう》と、自らの戦果を誇示《こじ》する声が聞こえる。

「馬鹿《ばか》いうな、何処に目を付けていやがる。そんなもん銀貨五枚が良いところだろうぜ！」

「こっちの髪飾《かみかざ》りは、琥珀《こはく》が使われていやがる。みすぼらしい家だったから大した期待はしてなかったが、コイツは大当たりだ！」

「全くだ！　留守番を命じられた連中に分け前をくれてやらなきゃいけないのは業腹《ごうはら》だが、これなら我慢《がまん》できらぁ」

そんな下卑《げび》た笑い声が、イピロスの街に木霊《こだま》する。

実際、彼等にしてみれば千載一遇の機会だ。

何しろ、相手は殆《ほとん》どの家財を放置している。

その上、食料を始め、酒類や煙草《たばこ》などの嗜好品《しこうひん》もほぼ手付かずの状態なのだ。

確かに、略奪した物資の全《すべ》てを彼等が自分の懐《ふところ》に入れる事は出来ない。

総指揮官であるエレナからの命令で、略奪した貴金属に関しては、その半分が城外でお預けを喰《く》らっている他《ほか》の部隊へ分配される事が決まっているからだ。

しかし、これほどの成果があるとなると、仮に半分を徴収《ちょうしゅう》されたとしても彼等《かれら》の懐はかなり潤《うるお》う事になる。

その使い道は、酒か女かあるいはその両方だろうか。

ただどちらにせよ、平民の身分ではなかなか実現する事が難しい程の豪遊《ごうゆう》を彼等は体験できる筈だ。

そんな思いが、心を高揚《こうよう》させ体を駆《か》り立てるのだろう。

彼等は更《さら》なるお宝を求めてイピロスの街に犇《ひし》めく建物の中へと消えていく。

だが残った兵士達《たち》はどうやら、此処《ここ》で宴会《えんかい》を始めるつもりの様だ。

台所からくすねてきたのだろう。

卓《たく》の上には酒瓶《さかびん》と、ベーコンやチーズなどの摘《つ》まみが所狭《ところせま》しとばかりに並べられていく。

そして彼等は酒瓶に直接口を付け、チーズを豪快《ごうかい》に齧《かじ》る。

それはまさに勝利の美酒に酔《よ》いしれているといった風情《ふぜい》だろうか。

だが、そんな喧騒《けんそう》とは裏腹にとある建物の天井裏《てんじょううら》では、覆面《ふくめん》で顔を隠した人影《ひとかげ》が、静かに周囲の様子を監視していた。

「咲夜《さくや》様……連中は予想通り目の色を変えて物色しています。この様子なら、今夜は酒を飲んで大騒《おおさわ》ぎと言ったところでしょう」

覗《のぞ》き穴から階下の様子を確認していた影《かげ》の一人が報告を上げる。

「御屋形《おやかた》様の予想通りと言ったところかしら……」

影の言葉に、咲夜は小さく頷《うなず》く。

(この分ならば、計画通りに進めそうね……)

伊賀崎《いがざき》咲夜が主君である亮真から命じられた任務は、かつて経験した事がないほど大規模なもの。

何しろ、イピロスに入城した数万もの軍勢を、城内に分散して潜《ひそ》んでいる伊賀崎衆の手練《てだ》れ百三十余人で壊滅《かいめつ》させようというのだ。

それはまさに、形勢を一変させる秘策と言っていい。

それを主導する咲夜が受ける重圧は並大抵《なみたいてい》のものではないだろう。

準備は万全《ばんぜん》と言い切れるだけの事をしたつもりではあるが、それでも万に一つが無いとは言い切れないのだから。

不安を押《お》し隠しながら機が訪れるのを待つ、伊賀崎衆の忍《しの》び達。

そして数時間が経《た》ち、ようやく階下で繰《く》り広《ひろ》げられていたバカ騒《さわ》ぎに終焉《しゅうえん》の時が訪れる。

雲が月を隠し、大地が闇《やみ》に覆《おお》われていた。

まさに、漆黒《しっこく》の闇とでもいうべき夜だろうか。

そんな闇の中にある光源と言えば、時折雲間から顔を出す青白い月と、イピロスの各所に置かれた淡《あわ》い松明《たいまつ》の光くらいだろう。

「頃合《ころあ》いかと……」

その言葉に咲夜は小さく頷くと、無言のまま徐《おもむろ》に手を横に払う。

その瞬間《しゅんかん》、影達《かげたち》は無言のままその場から消えイピロスの街へと散った。

そして、三十分ほどの時間が過ぎただろうか。

突然《とつぜん》、城塞都市イピロスの中心地であるザルツベルグ伯爵邸から眩《まばゆ》い閃光《せんこう》と共に、静寂《せいじゃく》を引き裂《さ》く轟音《ごうおん》が闇夜《やみよ》に響き渡《わた》った。

次の瞬間、大地を揺らす衝撃《しょうげき》が北部征伐軍の将兵を襲《おそ》う。

そしてそれは、まるで連鎖《れんさ》反応でも起こしたかの様に、街を取り囲む城壁に沿って次々と爆《ばく》発《はっ》していった。

その衝撃と爆音《ばくおん》に、占領した民家で自らの幸運を噛《か》み締《し》めながら夢を見ていた兵士達が次々と外へと飛び出してくる。

そんな彼等の前に広がるのは、灼熱《しゃくねつ》の炎に彩《いろど》られた城塞都市イピロスの姿だ。

通りに立ち並ぶ民家は、その全てが赤く燃え上がっていた。

窓からは炎が噴《ふ》き出し、黒煙《こくえん》が立ち上る。

そして紅い火の粉と白い灰が、まるで雪の様に天から降ってくるのだ。

それはまさに、地獄《じごく》の様な有様。

「何だ、これは……」

それは本来であれば絶対にあり得ない光景だ。

確かに、浮かれた馬鹿な誰かが、蝋燭《ろうそく》でも倒《たお》して火事になったというのであれば理解も出来るだろう。

だが、仮にそんな馬鹿が居たとしても、火事になるのは家一軒《けん》のみだ。

延焼《えんしょう》したとしても、通りに立ち並ぶ全ての家に燃え広がるなど考えられない。

いや、仮に消火に手間取り燃え広がったとしても、それはあくまで時間を掛ければの話。

僅《わず》か数分の間に、これほど燃え広がる事など考えられないのだ。

だが、そんなあり得ない光景が、男の目に映っている。

そして、男の肌を焼く熱気が、目の前の光景が夢ではない事を、否が応《おう》でも理解させられてしまう。

だから、着の身着のままで外に飛び出したある兵士は、目の前の光景に圧倒《あっとう》されるとその場に呆然《ぼうぜん》と崩れ伏《ふ》した。

勿論、兵士達の全てが心を折られた訳ではない。

中にはこの地獄に必死で抗《あらが》おうという人間もいるのだ。

しかし、その努力が報《むく》われる事は無い。

「急いで水を……」

消火の為《ため》に水を汲《く》もうと一人の男が井戸《いど》に駆け寄った。

しかし、そんな男に向かって周囲からは罵声《ばせい》が飛ぶ。

「馬鹿野郎《ばかやろう》、この状況が見えないのかお前！　桶《おけ》の水を掛けたくらいで消せる訳がないだろうが！　サッサと街の外へ逃《に》げるんだよ！」

「そうだ！　とにかく今は逃げるんだ！」

だが、そんな周囲の言葉に、井戸に駆け寄った男が怒鳴《どな》り返す。

「馬鹿はお前達の方だ！　ここから城門迄《まで》どれだけ距離《きょり》があると思っているんだ！　火に巻かれて死んじまうのがオチだぞ！」

その反論に、男へ罵声を浴びせた周囲の人間達は思わず口ごもった。

そしてそんな光景が、街のそこここで見られるのだ。

中には、この非常事態に言い争いを始める様な愚か者迄《まで》出る始末だ。

とは言え、実際のところ消火と退避《たいひ》のどちらが正しい判断なのか答えを知る者はいない。

確かに、井戸から水を汲みだしてバケツリレーで消せる規模の火災でない事は見ただけで分かる。

だが、通りに立ち並ぶ建物の殆どが火に包まれているこの状況で、城門までたどり着くのは至難の業と言えるのも確かだ。

それは正解のない問い掛け。

しかも、その問いに正解出来なければ、自らの命を失う羽目になるだろう。

しかし、だからこそ誰もが目の前の状況に衝撃を受け、正解を求めて右往左往する。

それが、貴重な時間を失う愚行《ぐこう》なのだと気が付く事もなく。

そんな彼等に与えられるのはただ一つの結果だ。

黒煙よって、兵士達は一人また一人と次々倒れていく。

そして、灼熱の炎に見守られながら彼等はこの世から姿を消していく。

彼等が欲《ほっ》してやまなかった財宝の山と共に……。


「上手《うま》くいった様ね……これで、この城塞都市イピロスに足を踏み入れた北部征伐軍三万は壊滅だわ」

紅蓮《ぐれん》の炎に包まれ黒煙を上げる城塞都市イピロス。

その街を取り囲む城壁の上に立つ咲夜は、眼下に広がる地獄絵図を見ながら満足そうに呟《つぶや》いた。

実際、彼女の心は歓喜《かんき》で満ち溢《あふ》れている。

(でも、ものすごい威力《いりょく》ね……ネルシオスさんが持ち込んだ品が、まさか本当にこれほどの炎を生み出すなんて……)

それは、今回の策を立案するにあたってイピロス全域を短時間で炎上させる何かを求めていた亮真の下に、黒エルフ族の族長であるネルシオスが持ち込んだ品だ。

火竜《かりゅう》の息吹《いぶき》と呼ばれるその液体は、通常時では何の変哲《へんてつ》もない赤い液体でしかない。

人体にも無害で、極端な事を言えば水の代わりに飲んでしまっても構わないくらいだ。

しかし、この液体は少量の硝石《しょうせき》と硫黄《いおう》を混ぜ合わせる事で、その性質を一変させる。

そして出来た混合液は、一度《ひとたび》炎に触《ふ》れると爆発と共に激しく燃え広がるという性質を持つのだ。

それはまさに、黒エルフ族の中でも熟練した付与法術師《ふよほうじゅつし》にしか生成する事の出来ない秘宝に相応《ふさわ》しい威力だ。

イメージ的には、ニトログリセリンとガソリンが合わさった様な液体だろうか。

当然、その製法は黒エルフ族の間でも秘密にされており、生産量も極《きわ》めて限られている。

何しろ、この火竜の息吹は本来、ウォルテニア半島に生息する怪物達《モンスターたち》の中でも特に強大な巨《きょ》獣《じゅう》種と呼ばれる化け物に対抗《たいこう》する為に、黒エルフ族が種の生存を懸《か》けて作り上げた秘密兵器なのだから。

そんな貴重な品を、ネルシオスは荷馬車二十台分も提供した。

確かに、御子柴男爵《だんしゃく》家の存亡がウォルテニア半島に暮らす亜人達《あじんたち》の未来に直結する大事だと分かってはいても、並々ならない決断と言えるだろう。

そして、そんなネルシオスの助力を受けて行われたのが、この城塞都市イピロスの全域を用いた大規模な火計だ。

(確か、空城の計とか言うのだったかしら……)

それは、亮真に今回の策謀《さくぼう》を説明された際に教えられた言葉。

勿論、今回のそれは兵法《へいほう》三十六計に書かれている空城の計とは別のものだ。

本来、空城の計とは意図的に無防備な姿を敵に晒《さら》す事により、その無防備さ故に敵が罠の存在を疑い疑心暗鬼に陥らせ、敵兵を撤退させる事を目的とした心理戦の一種。

ポーカーで言うところのブラフに近い。

一般的には三国志演義の中で蜀《しょく》の諸葛亮《しょかつりょう》が魏《ぎ》の司馬懿《しばい》に敗れて城に籠った際に、城門を開け放って琴《こと》を奏《かな》でてみせ、魏の軍勢を城の中に招き入れる様な態度を見せた結果、司馬懿が罠を恐れて兵を引いた場面などが有名だろう。

ただし、亮真の狙《ねら》いは敵の撤退を目的にしている訳ではなく、あくまで敵兵の殺戮《さつりく》が目的という点が異なっているだろうか。

だから、敵が仮に罠の可能性を考慮《こうりょ》しても、イピロスの中に足を踏み入れなければならなくなるような状況を演出してみせた。

(あの方が打つ手は、全てが一つの流れの様になっている……)

囲碁《いご》や将棋《しょうぎ》、チェスと言ったボードゲームの選手は、一つ駒《こま》を動かす度《たび》に、数手先の局面を想像するという。

俗《ぞく》に言うところの、数手先を読むというやつだ。

御子柴亮真という男の思考もそれに近いものが有る。

(何しろ、ネルシオスさんに命じて、こんな品を準備させているくらいだもの……)

咲夜は自分の後ろに置かれた布と細長い金属で造られた鳥の様な物体に目を向ける。

恐らく、夜の闇に紛れ易《やす》い様に作製したのだろう。

その物体は、布はおろか骨組みの金属に至るまで、全てが黒で塗《ぬ》り固められていた。

もし地球から召喚《しょうかん》された人間がその物体を目にしたら、すぐにハンググライダーだと気が付いた事だろう。

とは言え、正確に言えばその表現は間違《まちが》っているのも確かだ。

何故ならこのハンググライダーには、ネルシオス達黒エルフ族の付与法術師が施《ほどこ》した、風の術式が施されているのだから。

「さぁ、行くわよ！」

咲夜は周囲を見回し部下達に命じると、機体と自らの体を縄《なわ》で固定する。

そして、十メートルほど助走をつけて勢いよく城壁の上から宙へとその身を投げ出した。

次の瞬間、咲夜のチャクラが回転を始め、ハンググライダーへ施された術式に生気《プラーナ》が流れ込む。

重力の鎖《くさり》から解き放たれた感覚が咲夜の体を包み込んだ。

そして、咲夜の意思に従い機体は天空に向かって上昇《じょうしょう》を始める。

その時、分厚く立ち込めていた雲の間から、青白い月が顔を出した。

それはまるで、月の光に導かれながら空を舞《ま》う黒い鳥の群れだ。

月明かりに照らされた事で咲夜達の存在に気付いた北部征伐軍の一部の将兵が、弓を持ち出して天に向かって盛んに矢を射かける。

しかし、風の術式を付与されたこのハンググライダーの飛行高度に届く物はなかった。

(流石《さすが》にこの高度では弓も届かないわね)

何しろこの大地世界では、人が空を飛ぶなど神話の中の話でしかないのだ。

未だに生気の消費量の関係から、短距離《たんきより》の飛行しか出来ないという欠点があるものの、敵の包囲網《ほういもう》を突破《とっぱ》するという意味で、これほど優《すぐ》れた兵器もない。

(ふふ……無駄な事を……)

紅く燃え上がる城塞都市イピロスを背にしながら、咲夜は束《つか》の間《ま》の空の旅を楽しむ。

しかし、咲夜は未だに気が付いてはいなかった。

イピロス炎上の様子から事態を察したエレナが、一軍を率いて自分達を補足しようと馬を駆り立てている事を……。


数時間後、追跡者達《ついせきしゃたち》は伊賀崎咲夜の直《す》ぐ後ろにまで迫って来ていた。

そんな追跡者達の手から逃《のが》れる為に、伊賀崎衆の忍びは闇の中を北東へ向けてひた走る。

その顔に浮《う》かぶのは焦燥《しょうそう》の色。

確かに、ハンググライダーによる飛行で稼いだ距離はまだある。

だが、如何に武法術を会得《えとく》した手練れの忍びであるとはいえ咲夜達は徒歩。

それに対して、追跡者が率いている部隊はその行軍速度から考えて騎兵《きへい》のみで編制されている筈だ。

徒歩の咲夜と、馬を駆る追跡者達。

短距離であれば勝負の仕様もあるのだが、長距離《ちょうきょり》では人が馬に勝てる筈もない。

そう考えると、追いつかれるのは時間の問題と言える。

(敵にアレを渡す訳にはいかない……もったいないけれども致し方ないわ)

それでも、最後尾を飛んでいた部下の一人が、後方に上がる砂塵《さじん》に気が付いた事で、追跡者の存在を察知出来たのは僥倖《ぎょうこう》以外の何物でもないだろう。

追跡者達を振り切る為にハンググライダーの速度を上げた為、必要以上に生気を消耗してしまい、当初予定していた着陸地点よりかなり手前でハンググライダーを乗り捨てる羽目になったのだが、それでも敵に捕捉されこの秘密兵器を奪われるよりは遥かにマシだ。

万が一の為と持たされていた火竜の息吹を使い、無用の長物となってしまったハンググライダーの始末をつけた咲夜は、自らの短慮《たんりょ》を嘆《なげ》きつつも素早《すばや》く部下達に退却《たいきゃく》を命じる。

その胸中に過《よぎ》るのは、策の成功を喜ぶあまりに、警戒心《けいかいしん》を緩《ゆる》めてしまった自分への後悔《こうかい》だろうか。

(御屋形様に何とお詫《わ》びするべきか……)

そんな思いが咲夜の心を締め付ける。

何しろ、このハンググライダーには黒エルフ達が秘匿《ひとく》している技術がふんだんに施されているのだ。

その価値は、単純に金で購《あがな》えるものではない。

それに、使いこなすにはそれなりの修練期間が必要な上、製造にはウォルテニア半島に生息する怪物《モンスター》から採取した様々な材料が必要となるので、仮に鹵獲《ろかく》されても直ぐに脅威となる事は無いだろう。

そう言う意味からすれば、貴重な火竜の息吹を用いてまで処分する必要はないのかもしれない。

しかし、だからと言って御子柴男爵家が保有している技術に関しての情報を、敵に漏らしてよい訳が無い。

本来、技術情報とは出来る限り秘匿するべきものだ。

そして、それは時に金や人の命よりも重要になるのだ。

失った物は再び作る事も買う事も出来るが、一度《ひとたび》漏れてしまった情報を再び秘匿する事など不可能なのだから。

そう言う意味からすれば咲夜の判断は正しいと言える。

だが、咲夜がもう少し周囲の状況を警戒していれば、結果は違《ちが》っていたかもしれない以上、その罪悪感と後悔から逃れる術《すべ》はないのだ。

しかし、そんな咲夜の後悔もやがて終わりを告げる時が来た。

咲夜達の後方から馬蹄《ばてい》の音が近づいてくる。

前方には木々の生い茂《しげ》った森が広がっている。

ウォルテニア半島の玄関口《げんかんぐち》であるティルト山脈の麓《ふもと》に広がる森林地帯だ。

あそこ迄たどり着ければ、逃げ切る可能性も零《ゼロ》ではないだろう。

しかし、咲夜は自分達がそこ迄たどり着く前に、追いつかれるだろうと分かっていた。

そして、後方から射し込まれた強力な光が、闇に紛れていた咲夜達の姿をくっきりと映し出す。

恐らくは、照明用の法具を発動させたのだろう。

松明とは違う強力な光にさらされ、伊賀崎衆の動きが一瞬《いっしゅん》止まる。

そして次の瞬間、無数の矢が闇を切り裂いて立ちすくむ咲夜達に襲い掛かった。

「咲夜様！」

咲夜に追走していた影の一人が、咄嗟《とっさ》に咲夜の背中へと覆い被《かぶ》さる。

勢い込んでもつれあう様に大地を転がる二つの影。

それと同時に、そこかしこから苦悶《くもん》に満ちたうめき声が零《こぼ》れた。

咲夜は、右足の太ももに走る激痛に歯を食いしばりながら、素早く腰《こし》に差し込んでいた小太《こだ》刀《ち》を引き抜《ぬ》き構えた。

幸いな事に矢は急所を外れていた。

咄嗟に咲夜を庇《かば》った影のおかげだろう。

頭部を射貫《いぬ》かれて絶命した命の恩人に心で手を合わせつつ、咲夜は周囲の状況に素早く視線を走らせる。

（倒れているのは六人。まだ息がある者が何人かいるけれど……切《き》り抜けるのは無理ね……）

しかし、矢が咲夜の太ももを貫通《かんつう》している以上、これ以上走る事は不可能だろう。

(ここまで……か……ならば！)

忍びとして培《つちか》われた冷徹《れいてつ》なまでの思考が、自らの生存を否定する。

だからこそ、咲夜は追跡者に一太刀《ひとたち》浴びせる覚悟《かくご》を固めた。

そんな咲夜の覚悟を知ってか知らずか、手に松明を掲《かか》げる追跡者達が闇の中からその姿を現す。

そして、一団の中から姿を現した追跡部隊の指揮官は、被っていた兜《かぶと》を外しながら、咲夜の前に立った。

「やはり見覚えのある顔ね……」

その言葉に、咲夜は顔を上げて声の主を睨《にら》みつける。

「エレナ・シュタイナー……成程《なるほど》、貴女でしたか……」

そう言いながら、咲夜は後ろ手に隠した小太刀を握り締める。

隙《すき》を窺いつつエレナを襲うつもりなのだろう。

しかし、そんな咲夜の行動などエレナはとうの昔にお見通しだった。

「無駄《むだ》な事はお止《や》めなさい。幾《いく》らあなたが手練れでも、その傷で私を討《う》つのは不可能よ」

そう言いながらエレナは悔《くや》し気《げ》な表情を浮かべる咲夜に向かって肩を竦めてみせる。

実際、エレナの指摘《してき》通りなのだ。

咲夜は伊賀崎衆の中でも指折りの手練れだ。

その武術の腕《うで》は、並みの騎士《きし》では相手にならないだろう。

しかし、忍びである咲夜の戦い方は基本的に闇に紛れての奇襲《きしゅう》だ。

それに対して、騎士であるエレナは正面からの戦闘《せんとう》に特化していると言っていい。

どちらがより優れているかという点では、議論の余地があるだろうが、互《たが》いにその姿を視界に入れている今の状況で有利なのは間違いなくエレナの方だろう。

「それで……拷問《ごうもん》でもしますか？」

そんな咲夜の問いにエレナは苦笑いを浮かべて首を横に振《ふ》る。

「そんな無駄な事をするつもりはないわ……捕虜になれば逃げだす機会があると考えたのかもしれないけれど、貴女の様な人間が、亮真君を裏切るとは思えないから……」

その言葉に、咲夜は思わず目を見開いた。

そんな咲夜に、エレナは疲《つか》れたような笑《え》みを向ける。

「分かるわよ……私も貴女と同じだもの……」

それは、御子柴亮真という男が描《えが》く夢に魅《み》せられた人間が抱《いだ》く共通の思い。

だからこそ、エレナは分かっているのだ。

咲夜が御子柴亮真を決して裏切る事は無いと。

そして、エレナはゆっくりと腰に佩《は》いた剣《けん》を鞘《さや》から抜いた。

どうやら、自らの手で始末をつける気らしい。

「貴女にはここで死んで貰《もら》う……」

そう小さな声で呟くと、エレナはゆっくりと剣を頭上に掲げた。

（御屋形様……ご期待に添えず申し訳ありません……）

後悔と諦《あきら》めが咲夜の心を締め付ける。

そして、幼少期から叩《たた》き込まれてきた忍びとしての本能が、最期《さいご》に一矢《いっし》報いろと声高《こわだか》に叫ぶ。

だが、エレナの剣が振り下ろされる事は無かった。

「咲夜！　後ろに下がれ！」

森の中から咲夜の名を叫ぶ男の声が響《ひび》く。

その瞬間、咲夜の体が無意識のまま後方に向かって飛びのいた。

無理に動いた結果、太ももに刺《さ》さった矢が咲夜の神経に激痛を齎す。

だがその咄嗟の行動が、明暗を分けた。

そして次の瞬間、一本の槍《やり》が闇を切り裂く様に宙を翔《か》け、エレナに目掛《めが》けて襲い掛かる。

襲い掛かる槍。

だがエレナは剣を盾《たて》の様に翳《かざ》す事で、その攻撃《こうげき》を凌《しの》いだ。

鋼と鋼がぶつかり合う甲高《かんだか》い金属音が闇に木霊し、火花が激しく散る。

だが、エレナの顔には絶好の機会を邪魔《じやま》した闖入者《ちんにゆう》に対しての怒《いか》りはないらしい。

抜き放っていた剣を鞘に納めると、エレナは森の中から姿を現した老《ふ》け顔の青年に向かって笑みを浮かべた。

「驚《おどろ》いたわね……まさかこんなところで顔を合わせるなんて……」

それはまるで、旧友との再会を喜んでいるかの様な態度。

その言葉に、声の主である御子柴亮真は肩を竦めてみせる。

もっとも、その飄々《ひょうひょう》とした態度とは裏腹に、周囲への警戒を怠《おこた》ってはいない。

咲夜を自分の後ろに庇《かば》う位置に立ったのも、その証拠《しょうこ》だろう。

そして、亮真はエレナに対して静かに頭を下げた。

敵同士である二人。

だが、二人の間には何か見えない絆《きずな》の様なものが有るのだろう。

エレナの後方に控える騎士達《きしたち》も、そんな二人に対して口を挟《はさ》もうとはしない。

「お久しぶりです」

「ええ、本当に……ね。でも何であなたがこんなところに？」

それは極めて当然の疑問だ。

御子柴男爵家の当主である亮真が、こんな場所に姿を現す必要などないのだから。

しかし、そんなエレナの問いに亮真は苦笑いを浮かべた。

「それはエレナさんも同じでしょうに……」

「それもそうね……その通りだわ」

自分の立場を再認識《さいにんしき》し、エレナは笑い声を上げた。

そして、ひとしきり笑うと、エレナの目に殺気が宿る。

エレナが、素早く右手を上げた。

その合図に、後方で待機していた騎士達が馬を下りて一斉《いっせい》に剣を抜き放つ。

その後ろには、馬上で弓を構えた兵士達が亮真に向かって狙いを定めている。

だが、そんなエレナに対して亮真もまた、同じく拳《こぶし》を天に突《つ》き上げてみせた。

それが合図だったのだろう。

森の中から、弓を手にした黒装束の一団がその姿を現した。

その先頭に居るのは、咲夜の祖父である伊賀崎厳翁《げんおう》その人。

恐らく、孫娘《まごむすめ》の救援《きゅうえん》の為に伊賀崎衆総出で出向いてきたのだろう。

「成程ね……油断なんてしている筈《はず》もないか……」

その言葉に、亮真は軽く首を傾《かし》げて尋《たず》ねた。

「まぁ、お互い様《さま》ですね……それでどうします？　一戦やりますか？　俺《おれ》としては傷ついた部下の手当てを優先したいので、今迄の友誼《ゆうぎ》に免《めん》じてここは引いていただけると助かるんですがねぇ」

その言葉は表面上、自信が無いようにも聞こえる。

引いていただければ助かるなどという言い回しからして、如何にも譲歩《じょうほ》して欲《ほ》しいと言う様にしか聞こえないからだ。

しかし、その意図するところは真逆。

その言葉に含《ふく》まれているのは絶対の自信だ。

そして、エレナもまた、そんな亮真に対して肩《かた》を竦《すく》めてみせる。

「そうね……まぁ、良いわ……」

エレナはクルリと踵《きびす》を返した。

そして、肩越《かたご》しに亮真に向かって片目を瞑《つぶ》ってみせる。

「でも、貸し一よ。忘れないでね」

そして、右手を軽く振ると、部下達の方へと歩き出した。

「ええ、借り一つですね。忘れませんよ……まぁ、直ぐにお返しする事になると思いますが……ぜひ楽しみにしていてください」

そんなエレナの背に、亮真は笑いながら声を掛ける。

そして、足元に蹲《うずくま》る咲夜を抱き抱《かか》えると、自らもまたこの場を後にした。

「御屋形様……何故此処に……」

咲夜を抱き抱えながら森へ向かう亮真に咲夜が囁《ささや》く様な声で尋ねた。

その顔は敬愛する主君にお姫様抱っこをされている事に対しての羞恥《しゅうち》で、真っ赤に染まっている。

それでも、自分の怪我の具合を理解しているのか、下りるとは言わないらしい。

そんな咲夜に、亮真は小さく頷《うなず》くと笑いながら片目を瞑《つぶ》って見せる。

「なぁに、嫌な予感がしてな……」

実際、理由を尋ねられても亮真には明確な答えなどないのだ。

強いて言うならば、【ローゼリア王国の白き軍神】と謳《うた》われた、エレナ・シュタイナーという人間を甘く見なかったというだけの事。

（それに、好事魔多しって言うからな）

念の為、厳翁達を斥候《せっこう》に出して様子を探っていたのが功を奏した訳だ。

そんな亮真に対して、咲夜はそれ以上何も問いかける事は無かった。

そして、亮真もまた沈黙を守りながら、ティルト砦へ向けて歩み続ける。

何《いず》れ訪《おとず》れるエレナと矛《ほこ》を交えて戦う日を予感しながら……。


数日後、ルピス・ローゼリアヌスが率いる北伐軍は猛火《もうか》によって焼き尽《つ》くされた城塞《じょうさい》都市イピロスへと入城した。

どんな形であれ、要衝《ようしょう》を攻略《こうりゃく》したという事実に変わりがない以上、本来であれば勝利に沸《わ》き立っていてもおかしくないだろう。

しかし、彼等の顔に勝利を喜ぶ歓喜の色は無い。

何しろ、三万もの兵が一夜にして灰燼《かいじん》に帰したのだ。

その上、確保できる予定だった食料物資は灰と化してしまっている。

その結果、兵士達に配られる食料は目に見えて減っていた。

その事に対する不満が、ただ飯ぐらいに見える難民達への憎悪《ぞうお》になり、そんな彼等を庇護《ひご》する事にしたルピス・ローゼリアヌスへの批判へとなっていくのだ。

そして、そのことを今最も痛感しているのは誰あろう、メルティナ・レクターその人だった。

（やはり……このままではどうしようもない……ならば、前に進むしかないわね）

幾度《いくど》となく考え抜いた結論。

だが、今のメルティナにはそれ以外に解決策を見つける事が出来なかった。

それ故に、彼女《かのじょ》は決断する。

全軍を率いて御子柴男爵家の本拠地《ほんきょち》であるウォルテニア半島に攻め込む事を。

第四章　虎牢《ころう》の関

ウォルテニア半島。

それは嘗《かつ》て、凶暴《きようぼう》な怪物《モンスター》達が徘徊《はいかい》する事から人跡未踏《じんせきみとう》の魔境《まきよう》と恐れられ、ローゼリア王国における重罪人が流される流刑《るけい》の地であった、見捨てられた大地の名だ。

この、ローゼリア王国北東部に位置する半島へ赴《おもむ》く為の方法は二つだけ。

一つは海路。

ウォルテニア半島は西方大陸の北東部に突き出た細長い半島であり、人体で例えるならば盲腸《もうちょう》に接続している虫垂の様に西方大陸の北東部から大海原《おおうなばら》へと突き出ている。

その為、ウォルテニア半島の周囲は、そのほとんどが海に囲まれている。

勿論、だからと言って沿岸の何処《どこ》からでも上陸が出来る訳ではない。

だが、船を停泊《ていはく》するのに絶好の入り江《いえ》なども多い為、船と海を支配する怪物達を避《さ》ける事の出来る熟練の船乗りを手にしていれば、比較的《ひかくてき》容易に上陸は可能だろう。

御子柴亮真《みこしばりようま》が、このウォルテニア半島を内乱時の功績によって領地として下賜《かし》されて以来、一貫《いつかん》して海上交易を御子柴男爵家の経済を支える柱としてきたのも、この地理的要因があったればこその判断だ。

この地に蔓延《はびこ》っていた海賊《かいぞく》の討伐《とうばつ》もその政策を推し進《すす》める為の一環《いっかん》だったのだろう。

強《し》いて問題点を挙げるとすれば、怪物の襲撃に耐《た》えられるだけの船舶《せんぱく》と熟練の船員を揃《そろ》える為の初期投資が必須《ひっす》となる為、それなりの資金力に優れた人間にしか選択《せんたく》する事の出来ない手段だという点だろうか。

そして、残るもう一つの方法だが、こちらは当然の事ながら陸路だ。

もっとも、こちらの方は上陸拠点《きょてん》の候補が複数ある海路とは違い、経路はたった一ヶ所に限定されている。

そして、こちらは決して平坦《へいたん》な道のりとは言えない。

大陸東北部とウォルテニア半島の接合部に横たわるティルト山脈を経由する経路《ルート》だ。

この大陸と半島を繋《つな》ぐ地には木々が鬱蒼《うっそう》と生い茂り、人の侵入《しんにゅう》を阻《はば》んでいる。

それだけでも、大軍を動かすには不向きな土地だ。

その上、ティルト山脈という天然の要害が控えている。

何しろ、山脈を形成する山々の多くが徒歩での踏破《とうは》が困難な地形。

標高二千メートルから三千メートルを超《こ》える山々が壁《かべ》の様に連なり、その多くが切り立った岩肌《いわはだ》をした難所だ。

所々に平坦な場所がない訳ではないのだが、獣《けもの》でもない限りはまともに歩く事もままならないだろう。

それこそ、登山家や山を専門とする写真家の様な人間が、相応の機材を持ち込んで挑まなければ、この山脈を踏破する事はまず不可能と言って良い。

それは、過去多くの冒険者達《ぼうけんしゃたち》がウォルテニア半島へ侵入する事を阻まれてきた事からも明らかだろう。

そんな中、唯一《ゆいいつ》の道と言えるのが、ティルト山脈の連なりがただ一ヶ所途切《とぎ》れた谷間を縫《ぬ》うように伸《の》びる長い山道だった。

勿論、結界柱で守られた街道《かいどう》とは異なる、土が剥《む》き出しの舗装《ほそう》もされていない様な獣道《けものみち》。

その上、左右の山々には、そんな過酷《かこく》な地形をものともしない怪物達が獲物《えもの》を狙ってその牙《きば》を研《と》いでいるのだ。

まさに魔境への入り口としてこれほど相応しい土地もない。

だが、船を調達するほどの資金力を持つはずもない冒険者達にとって、この山道だけが唯一残された道だったのは確かだ。

実際、ウォルテニア半島に生息する怪物達から得られる素材が高値で取引されている事を知った冒険者の多くが、一攫千金《いっかくせんきん》を夢見てこの半島を目指したが、その全てがこの道を歩いた。

そう、御子柴男爵家がウォルテニア半島を領有するまでは。

無残に焼け落ちた城塞都市イピロスを占領《せんりょう》してから十日余りが過ぎていた。

ここから更に北東へ兵を進めれば、御子柴男爵家の根拠地《こんきょち》とも言えるウォルテニア半島へと足を踏《ふ》み入れる事になる。

そんな彼等に対して、天も味方しているのだろう。

天空から、太陽の光が大地へと降り注いでいる。

まさに、雲一つない快晴と言っていい。

これほど戦日和《いくさびより》な天候もそうあるものではないだろう。

それこそ、敬虔《けいけん》な光神教団の信徒であれば、「光神メネオースの加護の下、御子柴男爵家に正義の鉄槌《てつつい》を！」などと気炎《きえん》を揚げていても何の不思議もない。

しかし、この場に駐留《ちゆうりゆう》している北部征伐《せいばつ》軍の将兵達は皆《みな》、そんな天気とは裏腹に誰もが不安を抱いていた。

目の前に広がる光景に言葉もなく圧倒されて……。

馬上から望遠鏡で前方に広がる状況《じようきよう》を確かめていたエレナ・シュタイナーの口から鋭《するど》い舌打ちが零れる。

あの夜、御子柴亮真がエレナに告げた言葉の意味を悟《さと》ったのだろう。

その眉間《みけん》には深い皺《しわ》がくっきりと浮かんでいた。

（成程ね……これがあの子の奥《おく》の手《て》……確かにこれならばあの子が二十万とも言われるこの北部征伐軍との戦に踏み切ったのも理解出来る……先日会った時、私に楽しみにしていろと言っていたのはこういう事か）

エレナの眼前には異様な光景が広がっていた。

まず目につくのが、ティルト山脈の山々が放つ威容《いよう》。

まさに天然の要害と言う言葉に相応しい土地と言えるだろう。

しかし、それだけならばエレナはここまで驚く事は無かった。

何しろ、如何《いか》に見捨てられた魔境と呼ばれるウォルテニア半島とは言え、御子柴男爵家の領地となるまでは紛《まぎ》れもなくローゼリア王国の領地だったのだ。

半島内部に関しての詳細《しょうさい》な地図は存在していないが、出入り口であるティルト山脈を含む一帯に関しては、それなりに情報を持っている。

だから当然の事ながら、ティルト山脈の峻険《しゅんけん》な地形に関しても事前に調べがついているのだ。

確かに、事前の情報以上に険しい地形にエレナが驚いたのは事実だろう。

だが、問題はそれ以外の場所だ。

まず目を引くのは、ティルト山脈の山間《やまあい》に設けられた山道を塞《ふさ》ぐようにして建てられている砦《とりで》の存在だろう。

いや、砦と言う表現は正確ではないかもしれない。

恐《おそ》らく平時は関所としての運用を意識して建設されているだろうから、一時的な建設と言うよりはウォルテニア半島の付け根に鎮座《ちんざ》する防衛線として半永久的に用いられる防衛施設《しせつ》だと考えるべきだ。

そうなると、撤去《てっきょ》が比較的容易な砦と言う表現よりは、城や要塞《ようさい》という表現の方が正しいかもしれない。

ただどちらにせよ、その本質は一つ。

敵の侵入を防ぐ堅牢《けんろう》な防衛施設だという点だろう。

実際、エレナの目の前に聳《そび》え立つ要塞は堅牢と言う言葉以外では表現のしようがない代物《しろもの》だ。

石材で作られたと思《おぼ》しき城壁《じょうへき》の高さは、二十メートルから二十五メートル程《ほど》だろうか。

あくまでもエレナが遠方から見た目測なので正確な数値は不明だが、かなりの高さを誇《ほこ》っているのは間違いない。

少なくとも、王都ピレウスや、ザルツベルグ伯爵家《はくしゃくけ》の本拠地であった城塞都市イピロスに匹《ひっ》敵《てき》する高さはある筈だ。

それだけでも、正直に言ってあの要塞を攻《せ》め落とすのはかなり難しくなる。

（ただ、それだけであればまだ打つ手がない訳ではないけれど……ざっと見た限り、色々と仕《し》掛《か》けが有りそうね）

単に高い城壁だけが問題であれば、梯子《はしご》や攻城櫓《こうじょうやぐら》などを用いての強行突破《とっぱ》も決して不可能ではないだろう。

今回の戦でも、数こそ少ないが攻城櫓などの攻城用の兵器が持ち込まれている。

しかし、エレナは他《ほか》にも城攻めを難しくしている要因がある事を見抜《みぬ》いていた。

（城門の前に設けられている空堀《からぼり》、あれもかなり厄介《やっかい》ね……攻城兵器を前線に押し出すのに邪魔になる……それに、無理に歩兵を前に出せばどうなるか）

どの程度の深さかまでは不明だが、堀《ほり》で囲まれた城壁を攻めるというのは、攻め手にとってかなり難しい事だ。

（先の内乱の時にあの子がテーベ河の一部を堰き止めた上、敵兵が空堀《からぼり》に足を踏み入れたタイミングで水攻めにしたというけど……）

それは先の内乱時、先行してテーベ河を渡った御子柴亮真が、迎撃に出たケイル・イルーニアとの戦の際に用いた戦法だ。

その結果、ケイルは多くの将兵を濁流に呑《の》まれて失うという失態を犯す羽目になった。

まさに、戦況を一変させる必殺の策。

エレナの予想が正しいかどうかは現時点では不明だが、安全策を取るのであれば、最初はその堀《ほり》を土で埋めるところから始めなければならないだろう。

とは言え、今回も同じ事を御子柴亮真が狙っているとはエレナも考えてはいない。

（いえ、流石にこの地形でその可能性は低いでしょう……この近くにテーベ河の様な水源は無い。もしやるとなれば海から引いてくるしかないけれど、あの堀が東西にどれだけ伸びていたとしても、海までは流石に距離が有りすぎるでしょうから……でも、代わりにどんな策を用意してきているか、注意が必要でしょうね……）

絶対にないとは言い切れないものの、頭の片隅《かたすみ》に覚えておく程度で良いとエレナは判断した。

それに、気になる点は他にもある。

（しかも、堀の手前に無数の杭《くい》が打ち込まれているわ……これも、こちらの兵を足止めする為と見て間違いないわね……）

それは逆茂木《さかもぎ》と呼ばれる防衛設備の一つ。

戦国時代では割とポピュラーな品だ。

とは言え、その実態は手近な森から切り出してきた木材の両端《りょうたん》を鋭く削《けず》り、地面に打ち込んだただの杭だ。

だが、これが攻め手にとっては厄介な障害物となる。

敵に向かって地面に斜《なな》めに突き刺された杭は敵兵の足を止める為の物で、縄などで結んであったりもする。

勿論《もちろん》、エレナは逆茂木などという言葉を知る由《よし》もない。

だが、長年の戦場を生き抜いてきた経験から、似たような物は幾度も目にしている。

対処方法も分かっているが、これも排除《はいじょ》するのに一定の手間が掛《か》かる事だろう。

(それとあの城壁……一枚だけじゃないと見た方が良いでしょうね……)

あくまでも平面からの視点で見ている為、正確なところは不明だが、山道を塞ぐ様に建てられた城壁が一枚しかないという保証はないのだ。

それこそ、幾つもの区画に分かれている可能性は十分にあるだろう。

そして何より怖《こわ》いのは、要塞の攻め口《くち》が左右に広がる山々の所為《せい》で、じょうごの様に狭《せば》められている点だ。

最初は広がっているが、要塞の城門を目掛けて進むうちに左右の山々に道が狭まっていく結果、攻め手の兵士達《たち》は中央へと寄せられていく構造になっている。

つまり、前に進めば進むほど人が密集してしまうのだ。

それは例えるならば強制的に組まれたファランクスの様な陣形《じんけい》に近いだろうか。

確かに、戦において兵の密集陣形は決して悪手だとは言い切れない。

特に野戦で敵軍の突撃《とつげき》を受け止める場合などには有効な戦法と言えるのは確かだろう。

だが、攻城戦においては明らかに悪手。

特に敵が、遠距離《えんきょり》戦を仕掛《しか》けてくる場合は、密集している事に因《よ》って、弓矢や投石、油による火攻《ひぜ》めなどの被害《ひがい》が大きくなってしまうのだから。

（どうやら向こうは歩兵の足を止めて、遠距離からこちらの数を削りたい様ね……）

城、砦、要塞など、拠点の防衛の為に建設される建物はその規模によって様々な物が存在しているが、その目的は基本的に全《すべ》て同じだ。

拠点内《きょてんない》への敵の侵入を防ぐ事。

遠距離から攻撃する事で、敵の兵力を削《そ》ぎ落とす事。

大まかに言えばこの二つが拠点防衛におけるポイントと言えるだろう。

そして、エレナの目の前にそびえる要塞はまさに、その重要なポイントを意識して設計されている。

正直、【ローゼリアの白き軍神】と謳《うた》われ、数多《あまた》の戦場で勝利を得てきたエレナであっても対処は難しいだろう。

（地形を上手く利用して建てられているわ……あれでは、如何に十七万の兵力があったとしても、正面から無理やり数で力攻めにするというのも難しいでしょう……やるわね、亮真君。ま

さかこんな知識まで持っているとは思いもよらなかったわ）

開戦当初より多少削られたとはいえ、未だに北部征伐軍は圧倒的な兵力を保有している。

そして兵の数は文字通り戦の趨勢《すうせい》を決める重要な要素と言っていいだろう。

ただし、その兵数の優位を効果的に使う為《ため》には、地形を考慮する必要がある。

そして、エレナの目の前に立ちはだかる要塞は、その数の優位性が発揮出来ない様に緻密《ちみつ》なまでに計算されていた。

それは歴戦の勇士であるエレナから見ても、ケチのつけようもない見事なものだ。

ただ、エレナとしても、敵である亮真の手並みを褒《ほ》めてばかりはいられない。

何しろ、あと三十分程もすれば、ルピス女王を始めとしたこの北部征伐軍の首脳陣《しゅのうじん》を集めて、ウォルテニア半島侵攻《しんこう》の為の軍議を行わなければならないのだから。

（数に頼《たよ》っての力攻めは下策。もしこのまま攻めるというのであれば、長期戦を覚悟の上で要塞を包囲して敵の士気を挫《くじ》くか、もしくは船を調達して海側から半島内部に奇襲を仕掛ける事くらいかしら……）

勿論、どの戦術を選んでも大きな問題点がある事をエレナは理解していた。

しかし、たとえ名目上であったとしてもエレナはこの北部征伐軍の総指揮官なのだ。

総大将であるルピス女王の命令に従い、勝利に向けて尽力《じんりょく》する義務がある。

（とは言えまずは、情報収集でしょう……ね。今更《いまさら》だとは思うけれど、やれることはやっておかないと……）

御子柴男爵領内の地形や防衛拠点についての情報収集などは本来、北部征伐が始まる前に済ませておくべき事だ。

だが、ルピス女王とその側近であるメルティナ達は、数の優位を過信し、情報収集を怠った。

いやより正確に言えば、密偵《みってい》を放ってはいたのだ。

ただ、送り込んだ密偵が誰《だれ》も戻《もど》ってはこなかったというだけの事。

(やはり、無理にでも延期させるべきだったかしらね)

エレナとしては密偵達が戻ってこなかった段階で、北部征伐の延期を求めたかったのは事実だ。

しかし、延期すれば王都周辺に参陣《さんじん》していた貴族達の士気を損《そこ》なってしまうだろうし、彼等《かれら》に提供する兵糧《ひょうろう》や飼葉の配給にも影響《えいきょう》が出てくる事も分かってはいたのだ。

実際、当時のエレナはルピス女王に出征《しゅっせい》の延期を提案している。

ただ、メルティナやミハイルの反対によってその提案が却下《きゃっか》されてしまっただけの事だ。

そして、エレナはそんなメルティナとミハイルの言葉に抗《あらが》いきれなかった。

自分自身も、同じ懸念《けねん》を抱いているのだから、それはある意味当然の結末だと言えるだろう。

しかし、どうやらエレナの決断は少しばかり状況を甘《あま》く見過ぎていたらしい。

(それに、あの子の切り札はこの要塞だけだとは限らない……)

実のところ、エレナには以前から御子柴亮真が何か切り札を隠《かく》し持っているのではないかと言う予感があったのだ。

何しろ、エレナの知る御子柴亮真と言う男は、非常に計算高く智謀《ちぼう》に長《た》けた人間だ。

そう言った人間が、何の準備もなく戦を仕掛けるという事はまず考えにくいだろう。

ただし、それはあくまでも何かあるという感覚的なものでしかない。

(城塞都市イピロスを炎上《えんじょう》させた事が、切り札なのかと一度は考えもしたけれど、どうやら違ったようだし……)

態々《わざわざ》無防備な状態で油断させ、入城してきたルピス女王を討ち取る策なのかとも思ったが、それにしては、放火のタイミングが早すぎた様にも感じている。

そうなると、あの火攻めの狙いは、北部征伐軍の士気を下げる為だった可能性がある。

(勿論、あれだけで戦の趨勢が決まるとはあの子も思ってはいないでしょうけど……あの子は恐らくそれを計算に入れて動いている……)

確かに、一撃《いちげき》で急所を抉《えぐ》れば簡単に勝負の決着はつくだろう。

だが、急所を無防備で敵に曝《さら》している人間は居ない。

だからこそ、ボクシングなどでは牽制《けんせい》の為のジャブが、敵の防御《ぼうぎょ》を崩《くず》す上で大切だと言われている。

戦も基本的にはそれと同じだろう。

たとえ一つ一つの効果は小さくとも、数が重なれば大きな出血を強いられるのは確かだろう。

(そして、最後には必ず失血死となる)

それと同じ事だ。

だが、それが分かっていても、エレナには打つ手がない。

北部征伐軍の総指揮官とは言いつつも、国王であるルピス・ローゼリアヌスが従軍している以上、エレナの役割はあくまで総大将であるルピスの補佐《ほさ》。

表向きはエレナに全権が与《あた》えられている事になっているが、実情はそんなものだ。

そして、そんなルピスを本当の意味で補佐しているのは、メルティナ・レクターとミハイル・バナーシュの二人。

勿論、二人共上級騎士の家柄《いえがら》で相当な教育を受けているし、過去の失態から様々な経験を積んだ結果、実力を伸ばしているのはエレナも認めていた。

しかし、無能とまでは言わないが、御子柴亮真とでは役者が違いすぎる。

何より、メルティナやミハイルは指揮官としてよりも、一人の武人として働くべきなのだ。

(あの二人は多少マシになったとはいえまだまだ直情的過ぎる……)

しかし、その事をエレナの口から二人に告げても反発を買うだけだろう。

そして、エレナの言葉を否定する為に、無茶《むちゃ》な強行策《きょうこうさく》に出てしまうかもしれない。

それが分かっている以上、エレナとしてもある程度は彼等の自由にやらせるより他に選択肢《せんたくし》がないのだ。

(それに、メルティナ達の決断は他に手がない以上、決して間違ってはいない。少なくとも、解決策を示せない以上……)

勿論、無理に抑《おさ》えつける事は不可能ではないが、二人がルピス女王の決断を仰《あお》げば、それで全てが終わってしまう。

後に残るのは、総指揮官と女王の側近であるメルティナ達との感情的なしこりだけ。

そこまで分かっている以上、エレナは総指揮官としての責任を全《まっと》うするべきだろう。

たとえその結果、多くの命が失われようともだ。

「さてと……それではそろそろ行くとしましょうか……所詮《しょせん》は茶番で終わるでしょうけれども……ね」

そう呟《つぶや》くと、エレナは目に当てていた望遠鏡を仕舞《しま》い、踵を返す。

そして、ルピス女王が待つ天幕へと足を進めた。

これから始まる戦の困難さを噛《か》み締《し》めながら……。


クリス・モーガンは敬愛する主の背後に付き従いながら、天幕の中へと足を踏み入れた。

野戦用の天幕ではあるが、かなりの広さを誇るこの中には、高価な絨毯《じゅうたん》が敷き詰《つ》められ、大きな長テーブルがコの字型に置かれている。

上座には、ルピス女王の為に設けられた豪華《ごうか》な椅子《いす》が設けられており、そこを起点として左右に出席者達の為の椅子が並べられている。

そして、既《すで》にその席の大半が参加者で埋まっていた。

空いているのは、ルピス女王が座《すわ》るべき上座と、その周りだけだ。

用意されている椅子の数からみて、参加者は二十人くらいだろうか。

北部征伐軍に参加した貴族は百家を超える為、その五分の一程度の人数しか、この軍議に参加出来ない事になる訳だ。

（まぁ、全員をこの場に呼び集めるのは流石《さすが》にな……）

勿論、その判断は正しいだろう。

この天幕は軍議などを開く為など、大人数を集める際に使用する為に用意された特別な物だ。

だが、流石に百名を超える人間を集めてそれなりの格式を保って軍議の場に席を用意させるというには狭《せま》すぎるのだ。

そもそも、この軍議の場に呼ばれた人間は本人だけが出席する訳ではない。

エレナの副官としてクリスが付き従っているのと同じように、彼等にも必ず護衛と副官が付き従う。

天幕の壁側に立ち並ぶ副官達の前を通り、エレナは上座に最も近い場所に置かれた椅子に腰《こし》掛《か》けた。

ルピス女王から見て右側の位置。

この北部征伐軍の総指揮官としての立場を考えれば、極《きわ》めて妥当《だとう》な位置だろう。

クリスは、そんなエレナの後ろに待機しながら、周囲に視線を向ける。

（まぁ、護衛の方は天幕の外で待機させているだろうが、流石に副官の方は参加させない訳にはいかないだろうからな……しかし、大した顔ぶれだ）

この軍議に参加する貴族達は皆、貴族家としてローゼリア王国の中でも指折りの有力者達だ。

公爵位《こうしゃくい》への復帰を果たし権勢を盛り返そうと暗躍《あんやく》するフリオ・ゲルハルト子爵《ししゃく》を筆頭に、アーデルハイド伯爵《はくしゃく》やロマーヌ子爵と言った貴族派の重鎮《じゅうちん》や、貴族院の惨劇《さんげき》によって父親を失い、急遽家督相続《きゅうきょかとく》を行ったハミルトン伯爵とアイゼンバッハ伯爵といった人物達が軒並《のきな》み顔を揃えていた。

特に、父親を無残にも殺害されたハミルトン伯爵とアイゼンバッハ伯爵の戦意は高い。

それは、この場に居ない被害者《ひがいしゃ》家族も同じだろう。

彼等にしてみれば、御子柴亮真の行為《こうい》は反逆であり暴挙なのだから。

しかし、戦意が高くても戦に勝てるかどうかは別の話。

そして、貴族として力を持っていたとしても、軍事的な能力に長けているとは限らない。

いや、彼等の大半はどちらかと言えば内政型の人間の筈だ。

自らの領地を繁栄《はんえい》させ、税収を上げる。

軍事力を否定している訳ではないだろうが、貴族の大半は自らが前線に出て戦う事や兵を指揮する事を前提としては居ないのだ。

そして、広大な領土を持ち高い爵位《しゃくい》を保有する高位貴族になる程、その傾向《けいこう》が強い。

勿論、例外はある。

今回の北部征伐が行われる切っ掛けの一つとなった今は亡《な》きトーマス・ザルツベルグは伯爵位という高位の貴族だし、武人としても高い名声を誇っていたのは確かだ。

（だが、彼の場合は例外と言っていいだろう）

ローゼリア王国北部における国土防衛の要の重責を担《にな》うザルツベルグ伯爵家の当主としては軍事的な能力は重要な要素だっただろうが、トーマス・ザルツベルグが武人としての名を上げたのはあくまでも爵位を継承《けいしょう》する前の事だ。

近年で、ザルツベルグ伯爵が自ら先頭に立って行われた戦は、先日行われた御子柴男爵《だんしゃく》家との戦だけなのだから。

そう言う意味からすれば、貴族の大部分には実戦経験がない。

仮に有ったとしても、爵位継承《しゃくいけいしょう》前の嫡嗣《ちゃくし》が箔《はく》付けの為に参加した程度だろう。

(その程度で、戦に参加したと言われても……な)

勿論、全く経験がないよりはマシだろうが、様々なお膳《ぜん》立てがされた戦に指揮官として参加したところでどれほどのものが有るだろう。

下手に訳知り顔で口を出されても、クリスから見れば噴飯物《ふんぱんもの》でしかない。

(それに、仮に彼等が一定以上の力を持つ武人だったとしても、頭数を増やす事はあまり良い事とは思えない。妙案《みょうあん》が浮《う》かぶとは限らないし、逆にまとまりがつかなくなる事も往々にしてあるからな)

未だに十七万もの膨大な兵力を保有する北部征伐軍だが、その内訳はあくまでも国王ルピス・ローゼリアヌスが率いる王国軍と、それに助力する貴族達の連合軍に過ぎない。

ローゼリア王国の総力を挙げた大軍と表現すれば聞こえは良いが、言葉を飾《かざ》らずに表現すれば寄せ集めや烏合《うごう》の衆と言う言葉がピッタリだろう。

船頭多くして船山に上るとは、指示する人間が多すぎて物事がとんでもない方向に進んでしまう事を表す言葉だが、傲慢《ごうまん》で自制心の低い貴族が軍議に参加すれば収拾《しゅうしゅう》がつかなくなることは目に見えている。

大地世界《アース》には勿論、船頭多くして船山に上るという言葉はないが、もしクリスが知っていたら、まさにそれが言いたかったと喜んだに違《ちが》いない。

そして、そう言った一貫性《いっかんせい》のない戦術方針は、戦において極めて危険な事をクリスは知っている。

(ましてや、相手があの男となれば……猶更《なおさら》……な)

クリスは御子柴亮真と言う男を決して好んではいない。

ただそれは、貴族達が向ける平民出身の成り上がり者と言う嫌悪《けんお》と言うよりは、敬愛するエレナから敵味方に分かれた今でも高い評価を受け続ける事に対しての嫉妬《しっと》の色合いが強いだろうか。

ただ、そう言った個人的な感情はさておき、クリス・モーガンから見た御子柴亮真という男の評価は高いのだ。

いや、それも当然だろう。

それは過去の戦歴を見れば一目瞭然《いちもくりょうぜん》と言える。

(いや、これ程の大軍を迎《むか》え撃《う》とうという気概《きがい》を持つだけでも、俺はアイツを認めざるを得ないだろう……)

事の是非《ぜひ》はさておき、その一点だけはクリスとしても否定は出来ないのだ。

そんな考えが脳裏《のうり》に浮かび、クリスの口元がほんの少し綻《ほころ》ぶ。

それは、ほんの微《かす》かな変化。

しかし、その変化を見逃《みのが》さなかった人間が居る。

「随分《ずいぶん》と楽しそうね？　何か面白《おもしろ》い事でもあったかしら？」

そんな事を考えていると、いつの間にかエレナが振り返りクリスを見つめていた。

その瞳《ひとみ》に浮かぶのは、微かな揶揄《からか》い。

別段、クリスの態度を咎《とが》めようという訳ではないらしい。

しかし、そんなエレナの視線に自らの心を見透《みす》かされた様な気がして、クリスはほんの一瞬《いっしゅん》背筋を震《ふる》わせる。

そして、素早《すばや》くエレナに対して謝罪する。

「いえ、失礼しました。少し考え事をしておりまして……」

エレナの副官を務めるクリスは北部征伐軍の中でも上級の幹部の一人だ。

そんな立場の人間が、これから本格的に殺し合いをする敵将の力量を褒める様な事を考えていたとは言える筈もない。

謝罪するクリスが多少言《い》い淀《よど》むのも致《いた》し方《かた》ないところだろう。

だが、エレナはそんなクリスに対してそれ以上何も言う気はないらしい。

或《ある》いは、クリスの様子から何かを感じ取ったのか。

どちらにせよエレナは、クリスから天幕の入り口へと視線を向けた。

「そう……まぁ良いわ。でも、これからは注意してね。まもなく始まるから……」

ルピス女王がやって来たのだろう。

緊張《きんちょう》した空気が天幕の外から伝わってくる。

その空気を肌《はだ》で感じ、貴族達は次々と椅子から立ち上がった。

先ぶれの声と共に、天幕の入り口が開かれる。

そこには、純白の鎧《よろい》に身を固めたローゼリア王国の国王であるルピス・ローゼリアヌスが立っていた。

その背後を固めるのは、二人の側近。

ミハイル・バナーシュとメルティナ・レクターの二人だ。

エレナをはじめとした全員が、その場で一斉に片膝《かたひざ》をついた。

国王を迎える最上級の礼。

そんな彼等に対してルピス女王は軽く手を上げて答えながら、天幕の奥へと進んだ。

そして、静かに上座に用意された椅子へとその身を下ろす。

「今は戦の最中なので、そこまで宮廷《きゅうてい》の礼にこだわる必要はありません。皆さん、楽にしてください」

その言葉に、天幕の中の空気がほんの少し緩《ゆる》んだ。

そして、貴族達が椅子に腰掛けたのを確認《かくにん》すると、エレナの対面に腰掛けたメルティナ・レクターが徐《おもむろ》に口を開いた。

どうやら、軍議の進行役はメルティナが担うつもりらしい。

会議をスムーズに纏《まと》めるには進行役が必要だから、メルティナにしては悪くない配慮《はいりょ》と言えるだろう。

しかし、そんな大人な配慮も相手に伝わらなければ無駄《むだ》になる。

「それでは軍議を始める。まずは今後の方針についてだが……」

その言葉がメルティナの口から零《こぼ》れた瞬間《しゅんかん》、貴族の一人が椅子を蹴倒《けたお》しながら立ち上がって叫《さけ》んだ。

「方針など今さら何を悠長《ゆうちょう》な！　我々はあの成り上がり者を誅伐する為に集まった正義の軍。このまま一気に攻め滅《ほろ》ぼせばいいのだ！」

国王であるルピス女王を前にして実に勇ましい言葉。

そして、勇ましいと同時に実に愚《おろ》かな発言と言えるだろう。

ほんの少しでも兵法書《へいほう》を読んだことがあれば、あの要塞を真正面から力攻めで落とそうなどとは言わない筈だ。

（あの男は確か、先日家督《かとく》を継《つ》いだアイゼンバッハ伯爵だったな……貴族院の惨劇で父親を殺されて復讐《ふくしゅう》に猛《たけ》り狂《くる》っているみたいだが、それを差し引いたとしても戦に関しては素人《しろうと》同然だな……）

クリスからすれば、あの要塞を前にしてよくもそんな言葉が言えると内心呆《あき》れていた。

そしてそれは、悠然《ゆうぜん》と椅子に腰掛けたまま、口を開こうとはしないエレナ・シュタイナーも同じだろう。

一体どれだけの時間を費やして建設したのかは不明だが、あれだけの砦を一朝一夕《いっちょういっせき》で築くなど到底《とうてい》出来はしない。

そうなると、御子柴亮真はかなり以前から、ルピス女王との戦を覚悟《かくご》し、それに向けて準備してきた事になる。

(【イラクリオンの悪魔《あくま》】が入念な準備をして建てた砦を攻める……たとえ十七万の兵を全て使い潰《つぶ》したとしても、勝てるかどうか……)

臆病風《おくびょうかぜ》に吹《ふ》かれている訳ではないが、敢闘《かんとう》精神だけで勝てる程、戦は甘くない。

ましてや敵の技量は嫌《いや》という程、身に沁《し》みて分かっているのだ。

闇雲《やみくも》に突っ込んでいけば、その結末は悲惨《ひさん》な事になるだろう。

(ただ問題は、周囲の反応だが……やはりこうなるか)

周囲の反応をすばやく確認したクリスの口から、微かなため息が漏《も》れた。

クリスにとっては一考の余地すらない愚かな提案だ。

だが、そんな男の言葉に周囲の心は動かされたらしい。

そして、司会進行役のメルティナもまた、アイゼンバッハ伯爵の言葉を止めようとはしない。

その所為か、卓《たく》を囲む貴族達が次々に賛同していく。

「成程《なるほど》……確かに、下手な小細工をするよりは、このまま力押《ちからお》しをする方が確実かもしれませんな」

「如何にも、下手に時間を掛けていれば、あの男が何やらつまらぬ小細工をするかもしれませんからな……」

そこかしこから上がる同意の声。

貴族達の目には、目の前にそびえる要害が見えていないらしい。

（人は見たい物だけを見て、聞きたい言葉だけを聞くと言うが……何と愚かな奴《やつ》らなのだろうか……）

そんな空気にクリスは小さくため息をつく。

そして、そんな連中と共に、あの化け物と戦わなければならない己《おのれ》自身の不幸さを嘆《なげ》く。

そんな中、メルティナが口を開いた。

「皆さんの意見は拝聴《はいちょう》しましたが、ここは北部征伐軍の総指揮官であるエレナ様の見解をお聞きしたいと思います」

そう言うとメルティナはエレナに顔を向けた。

「そうね……我々の当初の想定では、御子柴亮真はイピロスに籠《こ》もるか野戦での決戦を選択する筈《はず》でした。ですが、彼は占領地《せんりょうち》を放棄《ほうき》して戦線を縮小した。兵数だけで考えればこちらが有利なのは明らかですが、あの砦の構造も不明ですし、力攻めで押すのは危険すぎると思います。なので私としては一度軍を撤退《てったい》させて仕切り直しをするか、兵糧に問題がないのであれば、このまま持久戦に持ち込んで敵の士気を下げたいところですね……」

それは極めて無難な提案。

そして、現実に即《そく》した提案だと言って良いだろう。

しかし、そんなエレナの言葉に対して、貴族達の口から怒号《どごう》が放たれる。

「馬鹿《ばか》な！　何を甘い事を」

「左様、何故《なぜ》この段階で兵を引くのか理解に苦しみますな」

「これはエレナ・シュタイナーともあろう方が悠長な事をおっしゃる……裏大地世界《リアース》では、老いた麒麟《きりん》は駄馬《だば》にも劣《おと》るという言葉があるそうですが、まさにそれですな」

侮蔑《ぶべつ》と嘲笑《ちようしよう》の入り交じった、暗い敵意がエレナに向かって次々と放たれる。

彼等にしてみれば、御子柴男爵など恐れるに足りない虫けらでしかないのだ。

いや、より正確にはそうだと思い込もうとしていた。

(本当に、御子柴亮真が取るに足らない存在なら、これほど多くの貴族がこんな辺境の地にまで軍を率いてやって来る筈もないからな……その程度の事は本人達も分かっている筈だ。だが、周囲の目もあるから、どうしても慎重論《しんちようろん》は敬遠されてしまう……か)

それは、軍議が始まる前から分かっていた結論。

だが、自らの予想が的中したところで、クリスは少しも嬉《うれ》しくはなかった。

それはつまり、無謀《むぼう》な力攻《ちからぜ》めによる攻城戦を行うという事に他ならないのだから。

(そうなると、如何《いか》に連中の自尊心を傷付けずに強硬論を抑え込むかが勝負だな……)

それは、軍を指揮する者として極めて当然と言える判断。

確かに貴族達の主張は軍事的見地から明らかな愚行でしかない。

だが、それを正論で叩き潰してしまっては、彼等《かれら》の面子が立たなくなる。

下手に抑えつけようとすれば反発し、独断で砦攻《とりでぜ》めを始めかねないのだ。

だから、この軍議で大切なのは如何《いか》に貴族達の気分を害さずに、彼等の主張を撤回させエレナの指揮に従わせるかという点に尽きる。

(馬鹿げたご機嫌取りだが仕方がない……)

そんな呆れとも諦めともつかない想いが心を過《よぎ》る。

そして、それはエレナも同じ気持ちの筈だとクリスは考えていた。

しかし、どうやらそれはクリスの勝手な思い込みだったらしい。

反論するかに思えたエレナは悠然と周囲を見回すと、笑《え》みを浮かべてみせた。

「成程……皆さんの戦意がそれほどまでに旺盛《おうせい》であるならば、確かに数で押して城門をこじ開けられる可能性もあるでしょう……一般的《いっぱんてき》な戦術論からの提案でしたが、総指揮官として皆さんの士気を下げる様な事を申し上げてしまい失礼しました」

総指揮官であるエレナの謝罪。

それは本来であれば決してあり得ない事だ。

エレナの言葉に、気炎を上げていた貴族達の何人かが、ばつが悪そうな表情を浮かべた。

ローゼリア王国に生きる者にとって、エレナ・シュタイナーの名前は重い。

過去に幾度《いくど》となく王国の危機を救ってきた英雄《えいゆう》であり、この北部征伐軍の総指揮官として、名目上とは言え全軍の指揮権を持っているのだ。

そんな人間を数に頼《たの》んで吊《つる》し上げ、挙句の果てに謝罪迄《まで》させたとなれば、如何に傲慢な貴族であろうとも、居心地《いごこち》の悪さを感じて当然だろう。

しかし、そんな周囲の反応を他所《よそ》に、エレナは言葉を続ける。

「それでは、砦攻めという事で……まずは先陣《せんじん》を決めねばなりませんね……」

そんなエレナに対して貴族達は皆、言葉を失った。

まさかこれほど簡単に、砦攻めが決まるとは思いもしなかったのだろう。

だが、そんな周囲の反応とは裏腹に、エレナは話を進めてしまう。

そして、周囲を見回すと、一人の貴族を名指しする。

「それでは、先陣はアイゼンバッハ伯爵にお願いしましょう。いかがでしょうか陛下？」

「良いでしょう……」

エレナの言葉にルピス女王は小さく頷《うなず》くと、アイゼンバッハ伯爵に声を掛ける。

「アイゼンバッハ伯爵、先陣は貴方《あなた》にお願いします。必ずやあの砦を落とし、逆賊の首を持ち帰るのです」

その言葉に、アイゼンバッハ伯爵は顔を紅潮させながら力強く自らの胸を叩いてみせる。

国王からの勅命に戦意を高ぶらせているのだろう。

その頭に浮かぶのは、勝利の二文字のみだ。

「ご命令、承《うけたまわ》りました。必ずや、御子柴男爵の首を！」

「頼もしい限りですね……期待していますよ……」

そう言うと、ルピス女王は満足そうに頷き、卓を囲む貴族達へ視線を向ける。

「皆さんも、先陣のアイゼンバッハ伯爵に連携《れんけい》して砦を攻めて貰《もら》います。良いですね？」

国王であるルピス女王の言葉だ。

今更良いも悪いもない。

それにルピス女王を始め、国王の補佐役《ほさやく》であるメルティナやミハイルも、この流れを押しとどめようという意思はないらしい。

いや、どちらかといえば、この展開を望んでいる様にすら見える。

そして、周囲の貴族達は、そんなルピス女王やメルティナ達の態度に気が付くことなく、再び気炎を揚げ始めた。

「畏《かしこ》まりました！　我《わ》が武勇の程をご覧いただきましょう」

「アイゼンバッハ伯爵だけに、武功を譲《ゆず》るつもりはありません。砦を落とすのは私です」

そんな言葉を次々と発しながら、貴族達は椅子から立ち上がり拳《こぶし》を天へ突《つ》き立てた。

そして、そんな周囲の空気を他所に、クリスはただ沈黙《ちんもく》を守る。

静かに椅子に腰掛けたまま成り行きを見守るエレナの背をジッと見つめながら。

その夜、クリスはただ一人でエレナ・シュタイナーの天幕を訪ねた。

口は乾《かわ》き、その顔は能面の様に強張《こわば》る。

緊張しているのだろう。

そして、その事をクリスは誰よりも理解していた。

天幕の入り口に控《ひか》える歩哨《ほしょう》も、副官であるクリスの緊張した様子から何かを察したのか、ピリピリとした空気を発している。

(まぁ、当然だな……)

昼間の軍議はクリスの予想とはかけ離《はな》れた結果に終わった。

問題は、その理由だ。

単にクリスの能力が低いから、あの結末を予想出来なかったというのであればまだ良い。

自らの非力を恥《は》じて今後に向けて精進《しょうじん》すればよいだけだ。

しかし、問題はそれ以外の理由の場合だ。

(本来であれば尋《たず》ねるべきではないのかもしれない……だが……)

そして、その可能性が否定出来ない以上、クリスとしては今後の身の処し方に迷いが生じてしまう。

そうである以上、やはり此処《ここ》はどうしても当事者に尋ねるより他に道はないのだ。

「エレナ様……宜《よろ》しいでしょうか?」

「ええ、構わないわよ、クリス。入って頂戴《ちょうだい》」

その声に従い、クリスは天幕の中へと足を踏《ふ》み入れた。

総指揮官に相応《ふさわ》しい広さを持つ天幕だ。

縦横に十数メートルはあるだろうか。

高価な絨毯が敷き詰められ、居住性は最高と言っていいだろう。

少なくとも、周囲の陣屋《じんや》で夜露《よつゆ》を凌《しの》いでいる兵士達に比べれば天国と地獄《じごく》の差だ。

しかし、この天幕を独占《どくせん》している居住者の表情は暗い。

「まぁ、立ち話もなんだから、そこのソファーに座りなさいな。今お茶を出してあげるから」

そう言うと、エレナは書類の山が連なる執務机《しつむづくえ》の椅子から腰《こし》を上げる。

そして、壁際《かべぎわ》に置かれていたコンロに火を点けた。

付与《ふよ》法術を用いる事に因って、薪《まき》などの燃料を必要としない携帯《けいたい》用のコンロだ。

イメージ的にはキャンプなどで使われるガスコンロを更《さら》に小型にしたようなものだろうか。

将官クラスぐらいしか使えない非常に高価な物だが、それだけの価値はある。

さほど時間もかからずお湯が沸騰《ふっとう》し、エレナがお茶の準備を終えてクリスの真向かいに腰を下ろす。

指示に従い壁際に並べられたソファーに腰を掛けていたクリスは、そんなエレナの姿を横目に、小さくため息をついた。

(成程……な)

従卒を呼ぶのではなく、エレナは自らの手でお茶の準備をした。

総指揮官と言う立場を考えれば、常識的には考えにくい行為だ。

その上、お茶の準備にさほど時間が掛からなかった。

お茶請けなどに関しても、完璧《かんぺき》なところから察するに、恐らくクリスが来る事を予測していたのだろう。

それはつまり、昼間に行われた軍議の結果もエレナにとっては既定《きてい》路線だったという事に他ならない。

(問題はその理由……だ)

だから、クリスはエレナが口を開くのをジッと待っていた。

「昼間の軍議が納得《なっとく》出来ないって顔ね……」

自ら毒見でもするかの様に、カップを口元へ運んだエレナが揶揄う様な口調でクリスに話しかける。

そして、クリスはそんなエレナの問いに対して、正直に頷いた。

「はい……ただ、納得がいかないというよりは、理由をお聞きしたいと思いまして」

その問いに、エレナは小さく苦笑いを浮かべる。

「理由……ねえ……勿論、それは勝つ為よ」

「真正面から力攻《ちからぜ》めにするのが……ですか？　ご冗談《じょうだん》を……あれは天然の要害を巧《たく》みに利用した要塞《ようさい》です！」

その言葉を聞き、クリスの口調に険が混じる。

(馬鹿な……この方は本気でそんな事を言っているのか？)

罵倒《ばとう》ではなかったが、その言葉はどう聞いてもエレナを批難していた。

いや、馬鹿にしているという方が正しいかもしれない。

それは例えるならば、一足す一は幾《いく》つかと、大学生に尋ねて、「二です！」と自信をもって答えられた時に感じる思いに近いだろうか。

それは、総指揮官に対して副官が見せるべきではない無礼な態度。

降格や厳重注意を受けても致し方ないだろう。

そして、本来であればクリスがエレナに対してそんな態度を見せる事は無かった筈《はず》だ。

しかし、御子柴男爵家との決別を決意したその時から、クリスはどうしてもエレナの判断に疑問を抱《いだ》いていた。

その不信感が、言葉に出てしまったのだろう。

しかし、当のエレナはそんなクリスを咎めるつもりはないらしい。

「ええ、少なくとも現状で最も勝算がある選択肢は、このまま数で攻めかかる事よ……確かに貴方の言う通り、戦術的にはあまり賢《かしこ》い選択《せんたく》ではないでしょうけれどもね。相当な死傷者が出る事になるでしょうから」

「そこまでお分かりになっていても、このまま力攻めをすると？」

「酷《ひど》い話ではあるけれどもね。今の我々に残された勝機はそこしかない……」

そこまで断言され、クリスはエレナの目の中に浮かんでいる冷徹《れいてつ》な光に気が付いた。

「何故ですか？」

その問いに、エレナは探《さぐ》る様な視線をクリスへ向ける。

それは、クリスの心底を見透かすかの様な目。

そして、エレナは小さなため息をつくと、徐に口を開いた。

「貴方は、兵糧に関してどれだけ確認した？」

「兵糧……ですか？　勿論二十万の大軍ですので当初よりかなり厳しいと言う話は聞いていましたが、少なくとも今回の遠征《えんせい》において特に問題は無い筈です……それが何か？」

軍勢を動かすには、食料が不可欠だ。

それは洋の東西を問わず、戦争を行う際の最大の問題と言っていいだろう。

だからこそ、孫子《そんし》の兵法書の中には、自国から食料物資を持っていくのではなく、敵地での略奪《りゃくだつ》を推奨《すいしょう》する記述すらあるくらいなのだから。

しかし、今回はそう言うわけにはいかない事が最初から目に見えていた。

勿論、ルピス女王は北部征伐《せいばつ》に当たり、御子柴男爵家の勢力下に対しては、略奪行為《こうい》を認めている。

だが、王国全土から集められた二十万ともいう膨大《ぼうだい》な数を、収奪《しゅうだつ》だけで支え切れる筈もない事も目に見えていた。

だからこそ、今回の北部征伐では、軍勢の集結もさることながら、その軍勢に供給する為の食料物資の準備の為に時間が掛かったほどだ。

数ヶ月の間、二十万とも言う膨大な兵力が外征《がいせい》出来るだけの物資を、ローゼリア王国中からかき集める為に。

（いやまて……確かに、万全《ばんぜん》の準備はしていた。だがそれはあくまでも……）

先日、紅蓮《ぐれん》の業火《ごうか》に包まれた、城塞《じょうさい》都市イピロスの姿が脳裏に浮かぶ。

そして、そこに本来暮らしていた人々の姿も……。

その瞬間、クリスの背に冷たい汗《あせ》が流れ落ちる。

そして、その表情からエレナはクリスが自ら正解へとたどり着いた事を察した。

「そうよ……本来の計画では、北部征伐軍は総勢二十万。それを支える準備をしてきた……でも、今はそれでは足りない……何故なら、御子柴亮真は王国北部一帯に暮らしていた民《たみ》を我々に押し付けるという戦術を取ってきたから……」

先日イピロスからやって来た難民の一団は五万人程だった。

その程度の人数で済めば、まだそれほどの負担にならずに受け入れる事が出来た。

しかし、彼らをルピス女王が受け入れた事が各地に広まった結果、ローゼリア王国の庇護《ひご》を求める難民達が日に日に増えている。

城塞都市イピロスとその周辺の村々から流れてきた人口だけで、恐《おそ》らく十万を軽く超《こ》えるだろう。

（北部一帯ともなると、その倍以上は確実……）

名目上に過ぎないとはいえ、御子柴男爵家の領民であれば略奪は可能だった。

しかし、御子柴男爵家の支配を逃《のが》れてきた難民となれば、話は大きく変わって来る。

彼等は、御子柴男爵家の支配を嫌《きら》い、ローゼリア王国の民として生きる事を望んだ。

文字通りの愛国者。

そんな国民の、庇護を求める手をルピス女王が振《ふ》り払《はら》えばどうなるだろう。

（ルピス・ローゼリアヌスの治世は決して優《すぐ》れてもいなければ、豊かでもない。だがそれでもこの国が国としての形を保っているのは、国民が慈悲《じひ》深《ぶか》く美しい国王に夢を抱いているから……それを自らの手で崩す事は出来ない……）

それを考えれば、とれる選択肢は限られてしまう。

「そうよ……イピロスを焼かれたのも痛手ね。あそこが使えれば一時的にでも難民達《たち》を収容する事が出来たけれど、あれだけの業火に焼かれてしまえば雨露《あめつゆ》をしのぐ事も難しい」

「では……」

「今メルティナとミハイルは、後方の補給部隊を必死で再編制しているわ。これからも増え続ける難民達の分も計算に入れる形で……ね。つまり、兵糧《ひょうろう》攻《ぜ》めを受けているのは、攻め手である筈の私達という事よ」

その言葉を聞きクリスは全てを悟《さと》る。

「そう言う事ですか……昼間の軍議で撤退や長期戦をエレナ様が提案したのも、貴族達の退路を断《た》つ為……ですね」

その言葉に、エレナは静かに頷いた。

「彼等は国王の前で勝利を誓った。総指揮官である私の安全策を馬鹿にするような形で否定してね。今更《いまさら》彼等は後には引けない。もし引けば、国王の名の下に処罰《しょばつ》されるわ。それが分かっている以上、彼等はどれほどの犠牲《ぎせい》が出ても前に進むしかない……そう言う事よ」

「では、兵を引いて仕切り直すのは……？」

そこまで追いつめられているとはクリスも知らなかったが、今のエレナの言葉が正しいのであれば猶《なお》の事《こと》、戦を切り上げるべきだと考えたのだ。

しかし、そんなクリスの言葉にエレナはゆっくりと首を横に振った。

「撤退も今の状況では無理でしょう。補給の不安は抱えていても、表向きは私達の方が圧倒的に有利に見えるでしょうから……もしここで強引に兵を引けば、難民達の間で自分達が見捨てられたと動揺が起こるでしょうし、北部征伐に参加した貴族達も納得しない。貴族達にしてみれば、文字通り何も得る物がない形で戦が終わる事になるもの……。北部一帯の現状を考えれば、彼等に恩賞など出せないでしょうからね」

その言葉に含まれているのは、逆賊討伐の大義名分を掲げ、己の正義を声高に叫ぶ貴族達に対しての嘲笑だろうか。

実際、北部征伐軍に正義などない。

あるのは正義を錦《にしき》の御旗《みはた》とした個人的な復讐と、御子柴男爵が保有する財貨の略奪だけだ。

そして、そのどちらも果たせなかったとなれば、貴族達の不満は北部征伐を命じたルピス・ローゼリアヌスへと向かうのは目に見えている。

「それを避ける為《ため》には、結局は砦《とりで》を攻めるしかなくなる事が目に見えている。それくらいなら、貴族達に主導権を奪《うば》われる形での砦攻めだけは避けるべきでしょう？　それに、馬鹿な貴族を間引くのにも丁度良い機会と言えるし……ね」

「その事は女王陛下も？」

「当然でしょう？　これほどの大事を私の独断では決める事は出来ないわ」

その言葉に、クリスは言葉を失う。

そして、そんなクリスをエレナはただ黙《だま》って見守る。

手にしたカップに口を付けながら。


翌日、太陽が東の空から顔を出した頃《ころ》、角笛がティルト山脈の麓《ふもと》に響《ひび》き渡《わた》った。

それと同時に、北部征伐軍十七万がティルト砦に向けて進軍を開始する。

その威容《いよう》はまさに、天を覆《おお》わんばかりと言えるだろう。

しかし、眼前に迫《せま》る敵軍を見ても、御子柴亮真の顔色は少しも変わらない。

いや、それどころか、その顔には余裕《よゆう》の笑みさえ浮かんでいる。

そんな亮真に対して、背後に控えていたローラが話しかけた。

その目には、目の前に広がる敵兵に対しての憐憫《れんびん》と、それを命じた敵将に対しての嘲《あざけ》りの色が浮かんでいた。

「このティルト砦を前にして敵軍がどう動くか心配でしたが、亮真様の予想通り、愚かにもこの砦を力で押し潰す事を選んだようですね……」

「そうだな……まぁ、連中にしてみれば、他《ほか》に選択肢はないだろうし、自分達が優勢だと信じているだろうからな……勿論《もちろん》、エレナさん辺りは状況を理解しているだろうが、あの人は総指揮官とは言いつつも、北部征伐軍の全権を持っている訳じゃない。恐らく、貴族達の意志を抑えきれないと見切って、下手に止めるよりは自由にやらせた方が良いと判断したんだろうな……それならば少なくとも主導権を奪われる事は無いから」

ローラの言葉に亮真は小さく頷く。

(まぁ、単に数に物を言わせての力押しっていうなら楽なんだが、連中もそこまで間抜《まぬ》けじゃない。今頃《いまごろ》は俺《おれ》の狙《ねら》いを理解した上で、必死で補給線を立て直している頃だろう)

そして、馬鹿な貴族達を焚《た》き付けて先陣を押し付ける。

その場合、どんな結果になっても損はしないだろう。

仮に、万に一つの可能性で先陣を請《う》け負《お》った貴族が砦を落としてもそれはそれで良い。

武功を褒《ほ》めて恩賞をたっぷりと払ってやればそれで済む。

逆に全滅《ぜんめつ》に近い敗北を喫しても構わない。

こんな天然の要塞に真正面から力攻めをしようなどと言う貴族に、戦術的な才能などないのだから。

それこそ、兵糧《ひょうろう》に不安を持つ状況下での敗北であれば、口減らしとして丁度良いくらいだ。

(少なくとも、俺ならばそう動く……)

カス札を使っての博打《ばくち》であれば、勝っても負けても構わない。

確かに手札は消費するだろうが、無駄なカス札を効率よく消費する事に因《よ》って、逆に有利に働くくらいだ。

ただ問題は、エレナを筆頭にルピス女王やメルティナ達北部征伐軍における首脳陣《しゅのうじん》が、何処《どこ》まで計算しているかだ。

「まぁ、計算していてもいなくても、俺がするべき事に変わりはないが……ね」

ここは、御子柴亮真がボルツに命じて建てさせた国土防衛の最前線。

それもただの砦ではない。

天険を利用した金城湯池の要塞。

この砦を力で落とそうとすれば、北部征伐軍は地獄を見る事になるだろう。

(まさに、北部征伐軍と言う虎《とら》を封《ふう》じ込める砦と言ったところか……せっかくだから、虎牢関《ころうかん》とでも名付ければ良かったか)

そんな言葉が脳裏に浮かび、亮真は思わず苦笑いを浮かべる。

嘗《かつ》て古代中国には虎牢関と呼ばれる砦があった。

汜水関《しすいかん》とも呼ばれるその砦は、当時漢《かん》の都を守る重要拠点《きょてん》の一つであり、有名な三国志演義の中でも、序盤《じょばん》で最も見どころの有る、董卓《とうたく》軍と袁紹《えんしょう》や曹操《そうそう》が率いる連合軍とが矛《ほこ》を交えた激戦地としても有名だ。

勿論、演義はあくまでも物語であり歴史書ではない。

だが、亮真は幼い頃に読んだこの三国志演義を夢中で読んだ。

特に、飛将《ひしょう》と呼ばれた呂布《りょふ》奉先《ほうせん》には強い憧《あこが》れを抱いたのを未《いま》だに覚えている。

そんな三国志演義の名場面の一つに似た状況に、ただの高校生でしかなかった亮真が自ら指揮を執《と》るなど、感慨深《かんがいぶか》いものを感じざるを得ない。

まさに、三国志ファンならば一度は夢想する局面《シチユエーション》と言えるだろう。

もっとも、そんな三国志のファンである亮真だが不満がない訳ではない。

（しかし、大軍を虎牢関に籠もって迎え撃《う》つとなると、俺の役は董卓って事になる訳か……流石にあれほどの暴君じゃないと思うが、出来れば曹操辺りに変えて貰いたいもんだな）

流石に人徳の将と言われた劉備玄徳《りゆうびげんとく》の役をやりたいというほど、亮真は無謀ではないが、幾ら何でも極悪人《ごくあくにん》の代名詞の様な董卓の役はごめん被《こうむ》りたいというのが本音だろう。

勿論、曹操の方も、三国志演義の中では悪人として描《えが》かれているのは確かだ。

しかし、董卓とは違い、曹操は文人としても政治家としても多大な功績を上げている。

董卓と言うと、洛陽《らくよう》の都を占拠《せんきよ》して暴虐《ぼうぎやく》の限りを尽《つ》くした単なる悪党というイメージしかないが、曹操には乱世の奸雄《かんゆう》という単なる悪党以上のイメージが存在しているのは確かだ。

そう言う意味からすれば、同じ三国志の登場人物になるのであれば、曹操が良いというのは当然と言えば当然なのだ。

ただ実際のところ、亮真と董卓はよく似ている部分がない訳ではない。

城塞都市イピロスを炎上《えんじよう》させたところなどは、洛陽の都に火を点けて長安《ちようあん》へと撤退した董卓と似ていると言えば似ているのだから。

少なくとも、亮真の祖父である浩一郎《こういちろう》辺りにこの事を言えば、喜んで「お前は董卓に似ている」などと言いだすに違いないだろう。

（全く。本当に身内には恵《めぐ》まれないぜ……）

だが、幾ら嘆いたところで戦の火蓋《ひぶた》は既《すで》に切られている以上、そんな空想に耽《ふけ》っている時間はない。

だから亮真は、無言のまま右手を天に向かって突き上げる。

（まぁ、おふざけはこの辺にして……仕事を始めますか）

その瞬間、亮真の中で何かが切り替《か》わる。

そこには、先ほどまでの緩い笑顔《えがお》など微塵《みじん》もなかった。

あるのは、刃《やいば》の様な冷たい視線と、獲物を目の前にした肉食獣《にくしょくじゅう》の笑みだ。

そして、空堀《からぼり》を埋《う》め立てようと迫る敵兵に向けて勢いよく突き出した。

その直後、鐘《かね》と太鼓《たいこ》が打ち鳴らされ、砦から鬨《とき》の声《こえ》が響く。

次の瞬間、無数の矢が天に向かって放たれた。

そしてこれが、後の歴史書に凄惨《せいさん》な戦場として記されるティルト砦攻防戦《とりでこうぼうせん》の幕開けとなった。

エピローグ

ウォルテニア半島とローゼリア王国北部の境界線に横たわるティルト山脈に建てられた砦。

それは、天然の要害を利用した金城鉄壁《きんじょうてっぺき》という言葉に相応しい要塞。

その外には、雲霞《うんか》の様に押し寄せてきたルピス・ローゼリアヌス女王が率いる北部征伐軍が、本日三度目の攻城戦《こうじょう》を仕掛《しか》けてきていた。

無数の矢が砦の城壁《じょうへき》の上から放たれ、天を覆った。

そして、唸《うな》りを上げて天を目指して駆《か》け上がった矢は、やがて犇《ひし》めく兵士達の命を奪う無常の雨となって降り注がれる。

その結果生まれるのは悲鳴と死。

大地に赤黒い染みが広がっていく。

だが、それでも北部征伐軍の攻撃《こうげき》は止《や》む事が無い。

地に倒《たお》れ伏《ふ》す僚友《りょうゆう》の屍《しかばね》を踏み越《こ》えながら、兵士達は粗末《そまつ》な木製の盾《たて》で矢の雨を凌ぎつつ、砦を目指して進軍を続ける。

頭上に翳《かざ》していた盾には、無数の矢が突き刺《さ》さり、それはまるでハリネズミにでもなったかのような有様。

それでも、空堀を埋めろと領主である貴族から命じられれば、否も応もない。

粗末な木の盾でどこまで防げるかは分からなくとも、土嚢《どのう》を片手に前へと進むしかないのだ。

しかし、そんな彼等《かれら》を出迎《でむか》えるのは、砦から放たれる無数の矢と、火のついたボロ布で栓《せん》をされた陶器《とうき》に入れられた油。

その結果、砦の周辺には、矢で射殺された人間と、火だるまになった焼け焦《こ》げた死体が散乱している。

それは、幾度となく繰《く》り返された光景。

それでも、彼等の指揮官である貴族達は無謀とも言える突撃《とつげき》の命令を繰り返す。

それが、戦術的にも戦略的にも無意味で無価値な行為《こうい》であると、彼等自身も本能的に理解しつつも……。

「駄目《だめ》だ、これ以上先に進めない！　誰《だれ》かご当主様にお伝えしろ！　一度後方に下がって立て直すんだ！」

兜《かぶと》に血と泥《どろ》をこびりつかせた男が、後方に向かって叫ぶ。

普段《ふだん》であれば、曇《くも》り一つなく磨《みが》き込まれた家伝の板金鎧《プレートアーマー》も、今では見る影《かげ》もなく汚《よご》れてしまっている。

普段であれば、直ぐに従者を読んで手入れを命じるところだ。

だが、今はそんな些《さ》末《まつ》な事を気にしている暇《ひま》などない。

（クソ、それにしても何という威力《いりょく》だ……まさか俺の鎧を貫通《かんつう》してくるとは……）

幸いな事に急所は外れていて戦闘《せんとう》に支障はないが、今後もその幸運が続くかどうかは運命の女神《めがみ》の気分次第《しだい》と言ったところなのだ。

当たりどころが悪ければ、即死《そくし》の可能性も否定は出来ない。

普通《ふつう》の弓矢であれば、こんな結果になる事は無い。

武法術を会得《えとく》した騎士《きし》が身に着ける事を前提に作られた鎧は、通常よりもぶ厚い装甲《そうこう》でおおわれている。

その為、並大抵《なみたいてい》の事では傷が付かない。

通常の弓矢では、鎧の表面に傷をつけるので精いっぱいの筈だ。

だからこそ、この大地世界《アース》では弓矢は戦場の主力武器とはならなかった。

勿論、攻城戦などで出番がない訳ではないのだが、どちらかと言えば武法術による身体強化を施《ほどこ》したうえで、接近戦に持ち込むのが、この大地世界の戦場における主流と言える。

勿論、そんな鎧兜《よろいかぶと》にも欠点はある。

機動力と言う点で言えばマイナスなのは確かだ。

だが、それでも圧倒的とも言える防御《ぼうぎょ》性能は戦場において明確なアドバンテージになる。

そんな鎧を貫通してきたともなれば、余程《よほど》の強弓《ごうきゅう》なのだろう。

だが、それでも致命傷《ちめいしょう》を避けられただけ、男はまだマシなのだ。

周囲には、そんな高価な鎧兜など持ちえない、徴兵《ちょうへい》された平民達の死体が大地を埋め尽くしているのだから。

（何が先代様の敵討《かたきう》ちだ……馬鹿馬鹿《ばかばか》しい！　それほどまでに父親の命を奪ったあの男に復讐を望まれるのなら、ご当主様ご自身が前線へ出向かれればよい！　何故、私が此処でこんな戦に命を懸《か》けなければならないのだ！）

そんな怒《いか》りと恨《うら》みが入り交じったような思いが、男の心の奥底《おくそこ》から沸《わ》きあがってくる。

男は、アイゼンバッハ伯爵家《はくしゃくけ》に仕える騎士の一人。

それも、上級騎士の一人として、百人近い騎士を束ねる地位を与《あた》えられた男だ。

本来であれば、こんな前線へ出てくるような立場ではない。

しかし、膠着《こうちゃく》した戦況《せんきょう》に突破口《とっぱこう》を開く為と主であるアイゼンバッハ伯爵に命じられれば否も応もない。

実際、長期戦と言う選択肢《せんたくし》を選ばない以上、力攻めによる攻城戦を行うしかないのだ。

後は誰が、先陣を切って前線を指揮するかだけだろう。

たとえそれが、地獄への入り口だと分かっていても……。

そして、男に運命の女神は微笑《ほほえ》まなかった。

頭部に鈍《にぶ》い衝撃《しょうげき》と金属がぶつかる音が響く。

そして、男の視界は暗闇《くらやみ》に覆われ意識が途切《とぎ》れた。

それは命のスイッチが切り替わった瞬間。

まるで電灯のスイッチをオンからオフへと切り替えたかの様に……。

外から聞こえて来る喊声《かんせい》と怒号を聞きながら、当事者である亮真《りょうま》は浩一郎《こういちろう》と共に砦の一角に設けられた執務室《しつむしつ》で、午後のお茶を楽しんでいた。

攻城戦の最中でありながら、かなり余裕なのだろう。

左右に控えているマルフィスト姉妹の表情も明るい。

普段と変わらぬ、昼下がりの憩《いこ》いの時間と言ったところか。

キルタンティア産の紅茶はその香《かぐわ》しい風味を存分に発揮しているし、鮫島菊菜《さめじまきくな》が準備したお茶請けのクッキーは、程《ほど》よい甘《あま》さと生地《きじ》に練り込まれた果実の皮の微《かす》かな酸味が絶妙《ぜつみょう》なバランスを奏《かな》でている。

到底、戦場に居るとは思えない程の優雅《ゆうが》さだと言えるだろう。

だが、流石《さすが》に亮真もＴＰＯは弁《わきま》えているらしい。

普段とは異なり、この場に居る誰もが武骨な鎧をその身に纏っている。

もっとも、だからと言ってこの場違《ばちが》いなお茶会が正当化される訳でもないのだが、その事についてに誰も指摘《してき》する事は無かった。

(ご苦労なこったな……)

クッキーを一枚噛《か》み砕《くだ》きながら、亮真は窓の外へ視線を向ける。

勿論、最前線である第一城壁の様子を此処から窺《うかが》い知る事は出来ない。

何しろここは、ティルト要塞と名付けられたこの砦の三層の城壁で守られた更に奥《おく》に位置している執務室だ。

双方《そうほう》合わせて二十万を超える人間が殺し合いをしている音こそかすかに聞こえて来るが、第一城壁で繰り広《ひろ》げられている戦の様子など見える筈もないだろう。

そんな亮真に浩一郎が、伏《ふ》し目《め》がちに声を掛ける。

「随分《ずいぶん》と余裕だな……」

「そう見えるかい？　これでも大分緊張《きんちょう》しているんだがね」

浩一郎の問いに、亮真は肩《かた》を竦《すく》めてみせた。

だが、その顔に浮《う》かぶ笑みを見れば、亮真の心の内は簡単に見通す事が出来るだろう。

「まぁ、此処《ここ》迄《まで》準備をしていれば、その余裕も当然か……」

「まぁね……俺としても、最善を尽くしたと言い切れるだけの準備はしたからな」

そんな亮真の言葉に、マルフィスト姉妹も小さく頷く。

実際、彼女達《かのじょたち》は亮真がどれほど今回の戦に対して準備をしてきたのかを肌《はだ》で感じ取っている。

「当然です、このティルト砦は亮真様がこのウォルテニア半島を領有されて以来、ずっとボルツさんが心血を注いで建設された砦ですから」

「はい、サーラの言う通りです。この天然の要害を利用したこの砦を、力攻めで落とすのは不可能です」

実際、その言葉は少しも大仰《おおぎょう》ではない。

深い空堀に敵の侵入《しんにゅう》を阻《はば》む逆茂木《さかもぎ》だけではない。

この砦は三層の区画に分かれており、それぞれの区画は高い城壁で区切られている。

仮に第一城壁を破られ敵軍が砦内に侵入してきたところで、撃退《げきたい》の為の準備は整っているのだ。

「まさに難攻不落《なんこうふらく》の砦……いえ、規模的には砦と言うよりは、要塞という言葉の方が正しいでしょう」

ローラの言葉に亮真は満足そうに頷いた。

実際、このティルト砦は御子柴男爵《みこしばだんしゃく》家にとっては生命線とも言える重要拠点であり、それだけに相当な労力と資材を費やしているのだから。

そんな亮真に対して、浩一郎が不思議そうな視線を向ける。

「そう言えば前から疑問だったのだがね。お前さんは何故、ティルト要塞やティルト城塞と名付けなかったのだね……この戦が終われば此処は、関所や物資の集積所なども兼《か》ねる予定なのだろう？」

それは浩一郎が前から感じていた疑問。

勿論、城と砦、要塞などの防衛施設《しせつ》に対する呼称《こしょう》の基準と言うのは非常にあやふやなものだ。城が最上位の防衛拠点である事に異論がある人間は居ないだろうが、砦と言う言葉にはどことなく簡素と言うか城や要塞よりも防衛機能で劣るようなイメージがついてまわる。

逆に要塞と言うと、その言葉の厳《いか》めしさから城と同じか、それ以上の規模の防衛施設の様にも聞こえてしまう。

ただ城と砦に関して考えると、日本の戦国時代には、石垣《いしがき》を使い城と同じくらい強固な砦も存在していたし、板葺《いたぶ》きの簡素な城と言うのも存在しているところから考えても、明確な基準は無いと言っていいだろう。

また、砦の建設目的が防衛施設に限定されないという点は考慮《こうりょ》の必要がある。

攻める場合の軍事拠点として、砦を築く場合があるからだ。

そう言った様々な観点が混在する言葉なので、かなり分かりにくいのは確かだろう。

他に考慮する要素としては、その防衛施設を建てる場所の重要性だろうか。

ただ、このティルト山脈と言う要害に建設され、セイリオスの街へと続く街道《かいどう》の要衝《ようしょう》を押《お》さえているとなると、規模的にも要塞と言う言葉の方がしっくりくるのは確かだ。

そんな浩一郎の疑問を察したのだろう。

亮真は苦笑いを浮かべる。

「まぁ、祖父《じい》さんの疑問も分からなくはないがね……実際のところは大した理由じゃない」

「と言うと？」

「理由は簡単さ。此処を建てる際にザルツベルグ伯爵の許可を貰う必要があったんだが、要塞より砦と言った方が、響きが良さそうだったんでね」

当時は、このウォルテニア半島を領有する為に様々な手を打っていた時期だ。

ザルツベルグ伯爵にしても、いきなり自分の領地の隣《となり》に、成り上がりの男爵《だんしゃく》がやってくれば警戒《けいかい》もするだろう。

勿論、亮真としてもザルツベルグ伯爵を必要以上に刺激《しげき》したくはないと考えていた。だがその一方で、領土の防衛を最優先で考えた時、このティルト山脈に防衛拠点を持つ必要があるとも判断していた。

何せ当時の段階で、亮真はルピス・ローゼリアヌスとの戦を覚悟《かくご》していたのだから。

だからこそ亮真は、このティルト砦を建てる際には慎重《しんちょう》に言葉を選んだ。

「要塞を建てます」と「砦を建てます」という言い方は、内容的にはほとんど変わらない。

だが、許可を求められたザルツベルグ伯爵の立場で考えた場合、どちらの言い方がより警戒されにくいかという事を考えれば、大きな差が出てくるだろう。

亮真の言葉に納得したのだろう。

浩一郎は深く頷くと、カップを口元へと運ぶ。

そして、もう一つの疑問を口にした。

「成程《なるほど》な……それでは良い機会なので、もう一つ教えて貰おう」

そう言うと浩一郎は探る様な視線を亮真に向ける。

「この後はどうする気だ。この要塞に籠《こ》もって敵の補給が尽きるまでこのまま守りに徹《てっ》するつもりか？」

その問いに、亮真は唇を吊り上げて嗤《わら》う。

何しろ、イピロスで仕掛けた火計により多少は数を削ったとはいえ、十七万と言う大軍は未だに脅威なのだ。

それに対して亮真が率いる兵力は三万を少し超える程度と言ったところか。

勿論、御子柴男爵家が新興の地方領主でしかない事を考えれば、その兵力は破格と言える。

だが、如何《いかん》せん敵はローゼリア王国という国家そのものだ。

勿論、少しでも兵力差を埋めようと亮真も色々と策謀を巡らせてはいるが、未だに両軍の兵力差は隔絶している。

表面的な兵力差だけを考えれば、籠城《ろうじょう》を選択するのが当然と言えるだろう。

(だが、それはあくまでも一面に過ぎない……)

大軍は確かに脅威ではあるが、その分だけ隙も多いのだ。

特に、今回の様な貴族達の連合軍では、指揮系統が複雑になりやすいというのは、大軍特有の弱点と言えるだろう。

だが、それにもまして致命的なのは、食料や武具の消費量が桁外れだという点だ。

短期決戦であればともかく、長期戦ともなればいったいどれ程の物資が消費されるか想像もつかない。

事前にどれだけ緻密な輸送計画を準備していたとしても、何時かは必ず破綻するだろう。

そう言う意味からすれば、この天然の要害を利用したティルト砦に立て籠もるという選択も決して悪くはないのだ。

少なくとも、安全策ではあるだろう。

(だが、それでは面白《おもしろ》くない)

確かに、このまま防衛に徹して亀《かめ》のように閉じこもっていれば、北部征伐軍は何れ《いず》兵糧が底をついて否が応《おう》でも撤退《てったい》する。

しかし、此処は更に積極的に、敵の兵糧を枯渇《こかつ》させる為に動くべきだと亮真は考えている。

そして、その為の手配も既に終わっているのだ。

自分に従う決断を拒否《きょひ》したイピロスの民を、火計を仕掛ける際に併《あわ》せてルピス女王へ押し付けたのと狙いは同じ。

だから亮真は、浩一郎の問いに対して肩を竦めてみせる。

「まぁ、如何《いか》にこのティルト砦が堅牢《けんろう》でも、守るばかりじゃ何れは士気も下がるからな。だから、この辺で一度空気を換《か》えないと……な」

それは、受け取る側の人間次第で、どうとでも取れる曖昧《あいまい》な言葉。

だが、それだけで浩一郎は全《すべ》てを悟ったらしい。

「成程、あの二人がここ数日姿を見せないのはそう言う事か……第一城壁の守備に就《つ》いていると思っていたが、よく考えれば、あの二人に砦の防衛を指揮させるのは、適切とは言えない……か」

浩一郎には何か思い当たる事があるのだろう。

そして、その予想はどうやら正しかったらしい。

(まぁ、あの二人は攻守《こうしゅ》に秀《ひい》でた指揮官だが、どちらかと言えば攻勢《こうせい》に強い。砦に引きこもっての防衛線では、持ち味をいかし難《にく》いだろうからな)

だからこそ、あの二人には別の仕事を命じたのだ。

それはまさに北部征伐軍を崩壊《ほうかい》させる必殺の策。

その為に、亮真はネルシオスが率いる黒エルフ達にある物を作らせたのだから。

（こちらの想定通りなら、今頃はテーベ河の中流に差し掛かった頃か）

浩一郎の言葉を聞き、亮真は獰猛《どうもう》な笑《え》みを浮かべて嗤《わら》う。

テーベ河は長大な河川《かせん》であり、地球で言えば黄河《こうが》や長江《ちょうこう》と言った大河に等しい。

陸路を行くよりは早い筈《はず》だが、それでも移動に時間が掛かるのは仕方がないだろう。

ましてや、人目を避けての隠密《おんみつ》行だ。

日中に航行出来ない事も考慮してやらなければならないだろう。

（だがそれでも、風を必要としない分、早い筈だ……）

その為に、亮真は多くの資金を投下したのだ。

だから、亮真は自らの策を確信していた。

【暴風】の異名を持つ女と、彼女《かのじょ》に貸《か》し与えた二本の剣《けん》が、ルピス・ローゼリアヌス率いる北部征伐軍の腸《はらわた》を深々と抉《えぐ》る姿を思《おも》い浮かべながら。


それから数日後の事だ。

月が分厚い雲に覆われ暗闇が世界を支配しているそんな夜に、ローゼリア王国の農業を支えるテーベ河の下流からその船団は姿を現した。

もしこの光景を目撃《もくげき》した者が居れば、自分の目を疑った事だろう。

まず目を引くのは、ゆらゆらと揺《ゆ》れる淡《あわ》い灯《ひ》の光。

それは遠くから見ると、河の上で人魂《ひとだま》が舞踏《ダンス》でもしている様に見える。

その正体は、船首にただ一つだけ掲《かか》げられているランプの灯《あか》りなのだが、この暗闇の中では見間違《みまちが》っても仕方がないだろう。

また、その船の外装も異様と言っていい。

全体が黒一色で塗《ぬ》られた船は見る者に威圧《いあつ》感と死を連想する様な不吉《ふきつ》さを感じさせる。

今夜の様な暗闇の中で、それはまるで死者の魂《たましい》を刈《か》り取るという冥府の死に神が乗る船の様にも見えてしまうだろう。

その上、その船は何故《なぜ》か下流から上流に向かって遡《さかのぼ》っているのだ。

それはまるで、自然の摂理《せつり》など無視している様に見える。

基本的に、河川は上流から下流に向かって流れるものだ。

これは、大地世界も、裏大地世界《リアース》も変わらない不変の法則。

自然の摂理と言っていいだろう。

だから、船が上流から下流へ向かう分には何も問題は無い。

流れの緩急《かんきゅう》によっては多少違《ちが》うかもしれないが、最悪何もしなくとも何時かは海までたどり着く。

流れに身を任せていれば良いだろう。

だが、下流から上流に向かうとなると、ただ流れに身を任せていれば良いという訳にはいかない。

それは大仰に言えば自然の摂理に歯向かうという事なのだから。

櫓《ろ》や櫂《かい》を用いて漕《こ》ぐか、はたまた風向きを選んで帆《ほ》を張るのが一般的《いっぱんてき》だろうか。

或《あ》るいは、綱《つな》で繋《つな》いだ馬に川岸を歩かせて、船を曳《ひ》かせるくらいだろうか。

どちらにせよ、相当に目立つ事になる。

だが、今回現れた船にはそう言った形跡《けいせき》は見えない。

帆も張らず、櫓を漕いでいる様子もないのだ。

当然、川岸を歩く馬の姿もない。

それにも拘《かか》わらず、その船は下流から上流に向かって滑《すべ》る様に水面《みなも》を移動していく。

細く長い優美な船体。

恐らく喫水《きっすい》が浅いのだろう。

恐るべき速度で上流を目指して疾走《しっそう》していく。

しかも、その数が尋常《じんじょう》ではない。

暗闇の所為《せい》で正確な数は不明だが、十や二十では収まらない数だ。

少なくとも、その倍以上は居ると見て間違《まちが》いない。

この光景を見た人間が、この世の存在ではないと錯覚《さっかく》しても致《いた》し方《かた》ないだろう。

しかし、この船に乗り込んでいるのは神でも悪魔《あくま》でもない。

彼等はただの人間だ。

船が下流から上流に向かって進むのも神の御業《みわざ》ではなく、黒エルフ族によって付与《ふよ》法術を施された動力源を用いて、船底に取り付けられたスクリューを回しているだけの事でしかない。

この船が黒塗《くろぬ》りなのは、今回の任務の特殊性《とくしゅせい》を考慮して、人目を避ける様に移動時間を夜間に限定している為。

船首に掲げられたランプも、安全を考えての事。

この船の乗組員は皆《みな》、武法術を会得している為、夜目もかなり利《き》くが、やはり船同士の間隔《かんかく》を確認《かくにん》するのに灯りがあった方がやりやすいのは事実なのだ。

確かに第三者がこの船団を見れば、その異様さに圧倒《あっとう》される事は間違いないが、そこには明確な目的と合理性が存在している。

(とは言え、悪魔と罵《ののし》られるだけの理由がない訳ではないけれどもな)

主君から彼等に与えられた任務を遂行《すいこう》すれば、このローゼリア王国には更《さら》なる混乱が生じ、巷《ちまた》には怨嗟《えんさ》の声が溢《あふ》れる事になるだろう。

敵から見れば悪魔の化身《けしん》と罵られる羽目になるだろうから、そう言う意味からすれば彼等が悪魔という言葉もあながち間違いではないのだ。

(何しろ、親玉の異名が【イラクリオンの悪魔】だからな……)

船首近く陣取《じんど》り、腕組《うでぐ》みをしながら前方を睨《にら》みつけていたロベルトの脳裏《のうり》にそんな思いが浮かんだ。

（まぁ、実際、あの旦那《だんな》は味方から見れば神様か聖人君子なのだろうが、敵から見れば悪魔以外の何者でもないだろうからな……）

情に篤《あつ》いところがあるのは確かだろう。

少なくとも、薄情《はくじょう》ではないし、貴族階級にありがちな他人を道具の様に扱《あつか》い、使い潰《つぶ》す様な事もしない。

そう言った事を考え合わせれば、極めて信頼《しんらい》に足る人物と言える。

それに、傭兵《ようへい》を騎士として登用したり、敵対した敵将を味方に迎《むか》え入れたりするほど、大きな器量を持っている。

その最たる例が、貴族院の廷吏《ていり》だったダグラス・ハミルトンだ。

彼は、亮真から袖《そで》の下を貰《もら》っておきながら、上司であるハミルトン伯爵の命令に従い、様々な嫌《いや》がらせを行った。

亮真に対して貴族には長年の因習から不要とされてきた身体検査を態《わざ》と行い、武装解除を命じたのも、そんな嫌がらせの一環《いっかん》だ。

審問《しんもん》も始まらないうちから、薄暗《うすぐら》い牢屋《ろうや》の様な一室に軟禁《なんきん》し、長時間放置すると言った事もやっている。

確かに、身体的に直接危害を与える様な事はしていないが、普通の貴族であれば、恨みを抱《いだ》いて当然の扱いと言えるだろう。

だが、そんなダグラスも、今では御子柴男爵家の一員として、家族と共にセイリオスの街で暮らしている。

もし、御子柴亮真の器量が一般的な貴族と同じ程度であれば、今頃ダグラスは家族と共に三途《さんず》の川を渡っていた事だろう。

そう言う面から見ても、御子柴亮真と言う人間の器量は並み外れていると言って良いだろう。

だがその反面、時折酷く冷酷《れいこく》で冷徹になる事も多い。

勿論、それには相応の理由があるのだが、その苛烈《かれつ》さと断固とした鋼の意志は、見る者に畏《い》敬《けい》の念を抱かせる。

（清濁併《せいだくあわ》せ持つ器量というやつだろうな……まさに、人の上に立つべき器《うつわ》か……）

奴隷達《どれいたち》をそれなりの金銭を費やして買い集めた挙句、解放奴隷《どれい》として自領の領民にするなんて、この国の貴族が聞けば甘ちゃんとせせら笑う様な判断をするかと思えば、自らの支配を拒んだイピロスの住人達を利用して、北部征伐《せいばつ》軍に兵糧攻めを仕掛けるなんて悪辣《あくらつ》な策を平気で実行してみたりもするところから考えても、ロベルトの評価は正しい。

しかし、仕えにくい主でない事だけは確かだろう。

実際、ロベルトは御子柴亮真に対して何の不満もなかった。

いや、亮真には決して言わないだろうが、不満どころか楽しくて仕方がないと言うのが本音だろう。

（本当に見ていて飽《あ》きない男だ……）

武人としての力量はロベルトやシグニスとほぼ互角《ごかく》に近い。

武法術の習熟度で言えばロベルト達に軍配が上がるのだが、武術そのものの腕前《うでまえ》は亮真の方が遥《はる》かに上なのだ。

そして、それだけの腕を誇《ほこ》りながら、御子柴亮真と言う男は内政にも外交にも長《た》けている。

勿論、ロベルトやシグニスも、卓越《たくえつ》した武人であると同時に、指揮官としても非常に優秀《ゆうしゅう》な人間だ。

それこそ、二人の器量を恐れた肉親達の邪魔《じゃま》さえなければ、近衛騎士団《きしだん》に入団し、頭角を現していた事だろう。

下手をすれば、今頃はエレナの後継者《こうけいしゃ》として、将軍の地位を得ていたかもしれない。

だが、そんな名将でも、内政や外交に関しては門外漢も良いところだろう。

また、武器や防具などを始めとしたさまざまな機器や薬品の開発を指揮する事も不可能だ。

（この船に関してもそうだ……確かロングシップとかいう向こうの世界の船を参考にしたらしいが……ネルシオスやシモーヌと組んで色々と動いていたのは知っていたが、こんなものを作らせていたなんてな……一体幾《いく》つ隠《かく》し玉《だま》があるのやら……）

そもそも、櫓や櫂を用いずに川を遡ろうという発想自体がこの大地世界の人間には異質だ。

そして、それを実現する為に、黒エルフやミスト王国の人間と取引をするなど、開いた口が塞《ふさ》がらないと言っていい。

そして、そんな奇抜《きばつ》な発想は必ずや御子柴男爵家に勝利を齎《もたら》すだろう。

その事を考える度《たび》に、ロベルトの腕に力が入る。

（まるで初陣《ういじん》を目前に猛《たけ》る子供の様だ……）

だが、それほどまでにロベルト・ベルトランの心は高鳴っている。

（御子柴亮真……平民から身を起こした覇王《はおう》……か）

何処の馬の骨とも知れない一介《いっかい》の平民から、王国を二分する戦の当事者にまでなった姿はまさに、神話の時代の英雄《えいゆう》の様だ。

この大戦に勝つかどうかは現状ではまだ確定はしていないが、勝っても負けても、このローゼリア王国の歴史書に御子柴亮真の名が記される事だけは間違いない。

そして、そんな英雄の覇業《はぎょう》を手助けし、この大戦に参加出来るという事は、武人としての本懐《ほんかい》と言っていいだろう。

だからこそ、ロベルトは猛り狂《くる》う自分の心を必死で抑《おさ》え込む。

主の敵をその愛用の戦斧《せんぷ》で切り刻むその時を夢見ながら。

（後は、あの女がこのままこちらの予想通りに動いてくれるかどうかだが、そこは若の言葉を信じるしかない……か）

万全《ばんぜん》と言える準備。

予定通りに事が進めば、ローゼリア王国は御子柴亮真の手によって、その長い歴史を閉じる事になるだろう。

しかし、どれ程事前の準備をしたところで、予定通りに進まないのが戦というモノ。

歴戦の勇者であるロベルトはその事を嫌という程に理解している。

そして、今のロベルト・ベルトランにとって最大の懸念《けねん》は、この船に乗っている一人の女の動向だ。

そんなロベルトの背後から、若い女が声を掛ける。

「あと数日と言ったところですね……」

最大の懸念が目の前にやって来たのだ。

本来であれば、動揺して不自然な態度を見せただろう。

しかし、ロベルトは平然とふりかえると、恭《うやうや》しく頭を下げる。

如何に戦に赴《おもむ》く行軍中の軍船が無礼講に近いとは言え、相手は他国の王族に連なる高貴な立場の人間。

しかも、この作戦における最大の功労者と言っていい存在だ。

そんな相手に無下な態度は見せられる筈もない。

「ええ……エクレシア様にはなんと言って感謝するべきか分かりませんな」

そう言うとロベルトは、普段あまり見せない完璧《かんぺき》な礼をもって頭を下げた。

実際、エクレシア・マリネールと言う女がいなければ、ロベルト達《たち》の行軍はもっと苛酷《かこく》なものになっていた筈なのだから。

しかし、そんな最上級の礼を受けた当の本人は、自分のやった事を大した事だとは考えていないらしい。

「大した事はしていません。私はただ、テーベ河の河口付近に駐留《ちゆうりゆう》するミスト側の国境警備隊に話を通しただけですから……何も見なかった事にするようにと……ね」

　そこには外連《けれん》も嫌《いや》みもない。

　自分のやるべき役割を果たしただけと言わんばかりだ。

　そんなエクレシアの言葉に、ロベルトは小さく頷《うなず》いてみせた。

（まぁ、彼女の立場にしてみれば、さほどの手間でもないか……だが、その功績は大きい）

　ミスト王国の誇る将軍の一人であるエクレシア・マリネールの力を考えれば、国境警備隊に融通《ゆうずう》させるなど大した手間ではないのだろう。

　しかし、そのおかげでロベルト達がこのテーベ河の上流付近にまで誰にも気づかれる事無く遡って来る事が出来たのは確かなのだ。

　だが、エクレシアはゆっくりと首を横に振った。

「それに、感謝されるのは少し早いでしょう。私達にはまだ、大仕事が残っているのですから」

「勿論です……ですが、まさか貴女《あなた》の様な立場の人間と共に戦う事になるとは、思いもよりませんでした。顔には出していませんでしたが、恐《おそ》らくシグニスも同じ感想を抱いていたと思いますよ」

　そんなロベルトの言葉に、エクレシアは悪戯《いたずら》が成功した幼子の様な笑みを浮かべる。

「それは私も同じですよ。我《わ》が国《くに》でも【ザルツベルグ伯爵家の双刃《そうじん》】と呼ばれたお二人の武名は伝え聞いていましたからね……まぁ、今では、【御子柴男爵家の双刃】とお呼びするべきなのだとは思いますが……ね。運命とは不思議なものです」

その言葉に、ロベルトは苦笑いを浮かべる。

そして、自らの懸念を口にした。

「しかし、本当に宜《よろ》しかったのですか？」

それは、実に歯切れの悪い問い掛け。

普段のロベルトから考えると、あまり似つかわしくない言い方だろう。

それだけ、問い難い質問であるという事だ。

しかし、そんなロベルトとは対照的に、エクレシアの顔に変化はない。

彼女は悠然《ゆうぜん》と答える。

「此処《ここ》にいるのは、ミスト王国出身の傭兵であるただのエクレシア。そして、傭兵とは報酬《ほうしゅう》と引《ひ》き換えに、雇用主《こようぬし》が命じた仕事を行う。そうでしょう？」

そこにあるのは一切《いっさい》の後ろめたさを感じさせない笑み。

実際、エクレシアは後ろめたさなど感じてはいないのだろう。

そんなエクレシアの態度に、ロベルトは思わず毒気を抜《ぬ》かれる。

「それは確かにその通りですが……」

確かに、傭兵と言う視点で考えればエクレシアの言葉には何の違和感《いわかん》もない。

しかし、ミスト王国の将軍が口にしたとなれば、素直《すなお》に鵜呑《うの》みにする訳にもいかないのが現状だろう。

別にロベルトはエクレシアに絡《から》みたい訳ではない。

主君である御子柴亮真とミスト王国との間で密約が成立した事も知っていた。

（だが、今迄《まで》西方大陸東部を領有する三王国は、時に敵対しつつも、外敵に対しては連合して侵略《しんりゃく》の手から自国を守ってきたという事実がある。それがこれほど簡単に掌《てのひら》を返すのだろうか）

そんな三王国の特殊《とくしゅ》な関係を考えた時、ロベルトはエクレシア・マリネールに対して一抹《いちまつ》の不安を感じるのだ。

何しろ、これから行われるのは、ローゼリア王国と言う国の崩壊なのだから。

だが、そんなロベルトの様子を見ても、エクレシアの笑みは変わらなかった。

「確かに我がミスト王国は商業国家。そして、商《あきな》いには信用が必要です。契約《けいやく》を結び、適切な対価を頂けるのであれば、相手を裏切る事は無い。それが、我が国の誇りであり財産ではあります。ですが、我が国は商人達の様に商売だけを重視している訳ではありません」

「民……ですか？」

「はい、国家を形成する上で、大切なのは民の生活です。彼等に平和と安定を与える事が国として最も重要な事。それが王と臣下が存在する理由です。ですが……」

「ルピス・ローゼリアヌスでは共に手を携《たずさ》えて行くには不足だと？」

その問いに、エクレシアは答えなかった。

だが、その顔に浮かぶ表情が全てを雄弁《ゆうべん》に語っている。

二人はしばらく無言のまま見つめ合う。

どれほど時間が流れただろう。

エクレシアが静かに口を開いた。

「それで懸念は晴れましたか？」

そんなエクレシアに対して、ロベルトは獰猛な笑みを浮かべる。

そして、もう一度最上の礼節をもって深々と首を垂れた。

自らの非礼を謝罪するかのように。


数日後、兵数二千五百を誇る一団が、ローゼリア王国南部の大都市であるイラクリオン近郊《きんこう》の平原に姿を現した。

彼等の目的はただ一つ。

無防備な敵の後背を刺し貫《つらぬ》く事。

そして、そんな彼等の侵攻《しんこう》が、遥か北の地の戦況を大きく揺り動かす事になる……。

あとがき

殆どいないとは思いますが、今回初めてウォルテニア戦記を手に取ってくださった皆様はじめまして。

一巻目からご購入いただいている読者の方々、四ヶ月ぶりです。

作者の保利亮太と申します。


三月に十八巻を出してから四ヶ月が経ちます。

この後書きを書いている段階で既に六月も中旬。皆様のお手元に届くのは七月の半ば以降ですから、令和三年も折り返し地点を過ぎたあたりかと思います。

今年の前半を振り返ってみて思うのですが、本当に月日が経つのが早い。

恐らく、緊急事態宣言の影響で外出の自粛が影響しているのでしょう。

例年であれば、四月から六月ごろまでは、甥っ子姪っ子の入学式や会社の新人歓迎会、友人とのお花見など、イベントが目白押しなのですが、今年も去年に引き続いて自粛モード。

コロナ禍は相変わらず収束せず、作者の私もテレワークの毎日で、自宅に引きこもっている毎日です。

その所為か、どうしても季節の節目を意識するのが難しいようで、何となく一日が過ぎてしまう事が多くて困ってしまいます。

まぁ、最近は有料の動画サイトで見逃していた映画を見たり、買ったまま読んでなかった電子書籍を消化したりとやる事は多いですし、こういう生活も悪くないのですが色々と懸念も尽きません。

特に、緊急事態宣言が解除されて出勤することになった際に、元の生活に戻れるか非常に不安なところではあります。

やはり、朝晩で片道二時間使っての出勤は辛いですから。

勿論、出勤すればしたで、馴染みの店で食事するなどの楽しみもない訳ではないので、一長一短と言ったところではありますが。

緊急事態宣言も六月二十で解除される様ですし、ワクチン接種もようやく本格的に始まっていますので、このコロナ禍もようやく終わりが見えそうではありますが、油断しているとまた新しい変異株が発生しそうですし、はたしてどうなる事やら。

七月の後半からは、いよいよ東京オリンピックも始まりますが、こちらも今の状況だとあまり手放しにお祭りムードで楽しむのは難しいですかねぇ……。

個人的にはオリンピックは楽しみにしていたイベントなので、個人的には是非開催して欲しいところではあります。選手の立場を考えると開催した方が良い様な気もしますしね。

とはいえ、感染が拡大するリスクを考えると、中止した方が良いと方の意見も正しいと思いますし実に難しい物です。

前回東京で行われたオリンピックは１９６４年ですから、実に半世紀前の話です。

今回中止になると、自分が生きている間にもう一回チャンスがあるかどうかは微妙なところでしょうか……。

勿論、冬の札幌オリンピックや長野オリンピックを考えると、もう少し開催頻度は上がりそうですが、自分的には冬よりは夏の方が見たい気がしています。

別にウインタースポーツに偏見が有るわけではないのですが、何となく冬のオリンピックってあまり心が惹かれないというか何というか……。

まぁ、そんな事を云いつつも、テレビ放送をやっていれば普通に応援するので、あくまでも私の気分的な問題なんでしょうけれど。

冬というワードが駄目なんですかねぇ？

そして、何よりも飲食店での酒類販売の自粛と時短営業を何とかして欲しいというのが本音です。

まぁ、故有って制限しているので致し方ないのですが、如何せん行き付けの店の半分が休業。営業しているところもありますが、酒類販売の自粛要請でソフトドリンクのみの販売という店が殆どですから……。

ラーメン屋なんかはアルコール類を禁止していても、そこ迄不満を感じないのですが、料理によってはアルコールがどうしても欲しくなります。

新宿にある行きつけの串カツ屋の入り口に、ソフトドリンクのみの提供ですと張り紙がしてあった時には、流石に店に入るのを諦めて帰ってしまいました。

苦しい営業の中、本来であれば寄って多少でも売り上げに貢献するべきだとは思うのですが、揚げ物にはビールかハイボールが無いと流石にちょっと……。

六月二十一日で人数制限下でのアルコール提供が解禁されましたので、先日件の店に顔を出しましたが、やっぱり売り上げはガタ落ちだと、顔なじみのバングラデシュ人が嘆いていました。

普段は明るくて面白い人なんですけどね。

確かに、自分が入ってから店に誰も客が来ないのは、まさに浸食店の悲哀を感じさせるものでした。

でも、自分が飲み終わって会計をするタイミングで、新規のお客さんが来たので、全くの開店休業状態という訳でもないようです。

私の存在が呼び水になって、お客さんが来たのなら嬉しいなぁ。

飲食店で客が誰もいない店に入るのは二の足を踏みますからねぇ……

とまぁ、そんな時事ネタで後書きのページ数を稼ぎつつ、恒例の見どころ説明を。

今回から、ルピス女王が率いる北部征伐軍と御子柴亮真の戦が本格化してきます。

２０１６年７月に出た四巻目で、亮真がルピス女王に裏切られて、僻地であるウォルテニア半島に左遷されてから現実の時間で五年。

巻数にして十五冊を費やして漸く作者の書きたかったルピス・ローゼリアヌスＶＳ御子柴亮真が刃を交えます。

まぁ、今迄も裏では両者の間で火花が散っていた訳ですが、遂に本格的な戦争へと発展した訳です。

とは言え、両者の戦力比は圧倒的にルピス女王有利。

何しろ、紛いなりにも一国の王ですからね。

普通に考えれば圧倒的兵力を誇る北部征伐軍の圧勝ですが、そこは我らの主人公、御子柴君です。

様々な奇策というか、形振り構わない手段で、戦況を覆そうとしていきます。

策謀と陰謀が交差する戦場。

そんな中、亮真とエレナは思いがけない邂逅を果たします。

見つめ合う両者。

そして、二人は戦場で矛を交えることを約束して言葉少なく分かれます。

って、これだけ書くと、まるで敵味方に引き裂かれた恋人の様な関係に聞こえますが、エレナと亮真って祖母と孫と言っていい年齢差なんですよね……。

ただ、エレナって魅力的なキャラなので、作者もついつい彼女を書きたくなるんですよねぇ。

その他にも、鄭や鮫島菊菜と言った組織側の動向に、飛鳥やロドニー達の葛藤など、見どころ一杯の十九巻となっておりますので、どうぞご期待ください。

最後に本作品を出版するに際してご助力いただいた関係各位、そしてこの本を手に取ってくださった読者の皆様へ最大限の感謝を。

次巻はいよいよ大台の二十巻です。

引き続き頑張りますので、今後もウォルテニア戦記をよろしくお願いいたします。

著／保利亮太
イラスト／bob
ウォルテニア半島に
居を据えた
御子柴亮真の
躍進は続く――。
2021年秋　発売予定！

コミック版も好評連載中！
漫画：八木ゆかり
原作：保利亮太
キャラクター原案：bob
コミックス
①～⑦巻発売中!!
コミックファイア公式サイト
http://hobbyjapan.co.jp/comic/
ウォルテニア戦記XX

コミカライズも連載中の
スナイパー英雄譚！
漫画：瀬菜モナコ
原作：かたなかじ　キャラクター原案：赤井てら
著／かたなかじ
イラスト／赤井てら
発売予定!!

魔眼と弾丸を使って
異世界をぶち抜く!
第12巻 2021年秋

Anytime I can!
いつでも自宅に帰れる俺は、異世界で行商人《ぎょうしょうにん》をはじめました
霜月緋色 著
Hiiro shimotsuki
ill. いわさきたかし
①～④巻 好評発売中!
⑤巻 今秋発売予定!

「小説家になろう」
四半期
第1位
異世界転生・転移
ファンタジー部門
(2019年8月19日時点)
コミック単行本
第①巻 好評販売中!!
漫画：明地雫
原作：霜月緋色
キャラクター原案：いわさきたかし

小説第②巻は2021年9月発売!
少年マガジン公式アプリ
「マガポケ」にて
2021年5月25日(火)より
コミカライズ連載スタート!!
作画:大前 貴史
原作:明鏡シスイ キャラクター原案:tef

信じていた仲間達にダンジョン奥地で殺されかけたが
ギフト『無限ガチャ』で
レベル9999の仲間達を
手に入れて
元パーティーメンバーと世界に復讐&
『ざまぁ!』します!
「小説家になろう」
四半期総合ランキング
第1位
(2020年7月9日時点)
レベル9999で
圧倒的無双!!!!!!
明鏡シスイ
イラスト/tef

HJ NOVELS
HJN09-19

ウォルテニア戦記XIX

2021年7月19日　初版発行

著者——保利亮太

発行者—松下大介
発行所—株式会社ホビージャパン
〒151-0053
東京都渋谷区代々木2-15-8
電話　03(5304)7604（編集）
03(5304)9112（営業）

印刷所——大日本印刷株式会社

装丁——coil／株式会社エストール

Printed in Japan

ISBN978-4-7986-2551-5　C0076